翼ある花嫁は
皇帝に愛される
tsubasa aru
hanayome ha
koutei ni
ai sareru
JN219580

翼ある花嫁は皇帝に愛される

茜花らら
ILLUSTRATION：金ひかる

翼ある花嫁は皇帝に愛される

LYNX ROMANCE

CONTENTS

翼ある花嫁は
皇帝に愛される

ドラゴンの咆哮が森にこだまする。

宵の空に鳥たちが一斉に羽撃き、四足の動物たちが逃げ惑う足音も聞こえた。

「回り込め！　逃がすな！」

得体の知れない大きな獣を畏れて二の足を踏む馬に鞭を入れる。森のざわめきに負けないようにスハイルが声を張りあげると、随伴した親衛隊長がうなりをあげて湖を回り込んだ。

空には青白い月がのぼっている。

まるでそれに縋るかのように巨体を天に伸ばしたドラゴンが、飛沫をあげた。月明かりを反射する水滴を剣でなぎ払うと、ドラゴンの棲む湖の畔へ馬を進ませた。

「陛下、あまり側に寄れば危険が」

「俺に構うな！」

スハイルの背後から弓を構えた侍従長が、ためらうように視線を揺らした。

それが、ドラゴンを射ることに対する怯えなのかあるいは自分の手元が狂ってスハイルを傷つけてしまうかもしれないという不安なのかは知らない。

どちらにせよ、その迷いに構っている暇はない。

ドラゴンの捕縛まであと一歩だ。

抵抗するドラゴンの鱗を削った剣は刃が毀れて見るも無残な有様だが、おかげであと一矢もあれば仕留めることができるだろう。

「怯むな！　退くな！　あと一息だ！」

少数精鋭の騎士たちを奮い立たせるようにスハイルが剣を振り上げると、ドラゴンがまた尾を振って水面を打った。

「……っ！」

水飛沫と一緒に、剝がれ落ちた鱗が飛んでくるとそれだけで皮膚が裂ける。甲冑を着けていてさえ、それを破ろうとするほどの鋭さがある。まるでそれ自体が遠距離用の武器のようだ。現に、騎士たちの陣形が崩れている。

とはいえ、あと少しだ。

最初のうちこそ反撃しようとしたドラゴンも、今となっては逃げ惑うばかり。

スハイルは長い夜に終わりをもたらすべく、高く掲げた剣を振り下ろした。

矢が空を切り、白い巨体をうねらせるドラゴンに向かって降り注ぐ。

スハイルは重い兜を外しその最期を見届け、——ようとした。

「！」

漆黒の森に、月光を受けて白くそびえ立つドラゴンの姿。それが矢を受ける瞬間、消失した。

「……っ嘘だろ!?」

「探せ！」

湖を取り囲むように配置された騎士たちが各々に声をあげ、甲冑の擦れる音と馬のいななきが響き渡る。

スハイルも自分の目を疑った。

にわかには信じ難かった。

突如として姿を消したドラゴンの行方を探して惑う騎士たちが空を仰ぎ、あるいは姿の見えない魔物の気配を探す間、スハイルは湖の中央を呆然と見つめていた。

——そこには、さっきまではいなかったはずの細身の男が一人、佇んでいた。


東の空が白んできた。

暗い森を抜け、ようやく乾いた舗道のある場所まで出ると夜通し働かされた馬たちもホッとしたように蹄の音を鳴らす。

とはいえ、まだ国民は寝静まっている頃だ。

鼻を鳴らす愛馬の首を撫でながら、スハイルは背後を窺った。

「陛下、本当にこの男を城に連れて行くおつもりですか？」

燃えるような赤い髪をした親衛隊長の腕の中には、ありあわせの縄で両腕を縛り上げた男がぐったりと身を任せている。

「手がかりはそれしかない。仕方がないだろう」

矢を射ったあの瞬間ドラゴンは姿を消し、代わりに現れたのはこの男だけだ。他に変わったところはなにもなかった。

だとしたら、この男を調べ上げる外ない。

男の腰まで伸びた長い髪は淡い青色をしていて、毛先に向かうほど濃くなっていく。まるで、澄んだ湖の深さを眺めているようだ。

長い睫毛に色はなく、ドラゴンの姿を探す騎士たちをよそにスハイルが湖の中に歩み入ると翠色の水晶のような瞳が無垢に向けられた。

水晶はスハイルの国で高価な鉱物だとされる一方、魔力を秘めているといわれることもある。

謎の男の双眸に宿ったそれはまるで魂を吸い取られるようで――スハイルがぞっとしたものを感じた時、男は気を失って、湖面に倒れ込んだ。

その後、目を醒まさないまま親衛隊長の馬に乗せられているというわけだ。

「そりゃあ、まあ……コレを捕まえて西の森が平和になるなら、いいんですが」

独りごちるように、親衛隊長が低く漏らす。

ひどく不服そうに唇を歪め、腕の間に収めた男の華奢な体にできるだけ触れないように距離を置いている。まるで穢らわしいものを乗せているかのように。

「お前が嫌なら、俺の馬に乗せるか」

「っ、いえ！　……そんなことできるわけないでしょう。スハイル国王陛下」

振り返ったスハイルが腕を差し出すと、親衛隊長が慌てて背筋を伸ばした。

今でこそ親衛隊長と国王という立場ではあるものの、幼い頃は兄弟のように育って一緒に剣術を習った仲だ。彼がスハイルを国王陛下と呼ぶのには戯れるような響きがある。

　スハイルは思わず笑いを零しながら、背後の馬に乗せられてまだ気を失ったままの男をちらりと見た。

　小さな顔をほとんど隠してしまっている長い髪の隙間から、小さな角が飛び出している。眉のすぐ上、平たい額の左右に小指ほどの小さな瘤のような角だ。

　このトルメリア王国には肌の色こそ様々な人種が集っているものの角があるような国民は未だ見たことがない。近隣諸国を見回しても同じことだ。

　それだけでも、この泣く子も黙る親衛隊長が苦い顔をしている理由になる。

「スカー」

　軽やかな蹄の音が近付いてきたかと思うと、この明け方に疲れを微塵も感じさせない涼やかな声が追ってきた。

　甲冑を着けず宮廷服のまま弓を背負っているのはスハイルの侍従長、リドルだ。

「私が代わりましょうか」

　親衛隊長――スカーの隣に馬をつけて、細い腕を差し出す。

「いや、無理だろ」

「べつに私が担いで運ぼうというんじゃありません。馬の前に乗せるだけなら無理ということもないでしょう」

　スカーがリドルの手を避けるように馬を離すと、リドルもそれを追う。

スカーの苦い顔がますます険しくなって、スハイルは喉の奥で笑いを嚙み殺した。

線の細いおかっぱ頭のリドルも、スカーと同様、幼い頃はスハイルと一緒に育った仲だ。とはいえ同じ剣術を習っていても力でゴリ押ししてくるスカーに対して智力で謀を仕掛けてくるリドルとの相性は悪かった。

未だに顔を合わせれば喧嘩ばかりしているが、その二人を親衛隊長と侍従長に据えていれば国がうまく廻るのだから不思議なものだ。

「だってお前、……甲冑も着けてないくせに」

リドルを避けるあまり親衛隊長が隊列を乱すものだから、それに続く騎士たちが困惑している。なによりも規律を好むリドルがそれに表情を曇らせて、後ろを気にかけている。自分がスカーを追わなければ隊列が乱れる心配もないのだが、もしスハイルがそうと口でも挟もうものなら「逃げるスカーが悪い」と言い返されるだけだろう。

「だからですよ。ただでさえ筋肉だるまのあなたが甲冑を着けていては馬が疲弊するだけでしょう。少しでも負担を減らして差し上げようとしているんです。スカーのためじゃありません、馬のために」

「俺のブリッツはこれくらいで疲れるほどヤワじゃねぇよ」

ブリッツというのは、スカーの愛馬だ。

たしかにどんな遠乗りでも遠征でも疲れたところ一つ見せない名馬だが、スカーが親衛隊に入隊して以来の付き合いだから、そう無理の利く歳でもないだろう。騎士にとって馬は体の一部といっても過言ではないくらい大切な相棒だが、なにしろ寿命が違う。

「お前たち、喧嘩もたいがいにしろ」

スカーの後ろで困惑している騎士たちへの気遣いもこめてスハイルが声をかけると、リドルがこちらを振り返った。

雲を照らしていた朝日がはっきりと顔を出し、スハイルたちの足元へ光の筋を伸ばしてくる。その先には、石造りの砦に囲まれたトルメリアの城がそびえている。

「さあ、城に着くぞ」

スカーも隊列に戻り、鞍の前に乗せた得体の知れない男を抱え直した。

濡れた髪を揺らした男は、まだ目を覚ましそうになかった。


硬い。

ざらついた石の感触で、目が醒めた。

体を起こすと、慣れない感触に眩暈を覚えて首を揺する。

――……ああ、まだヒトの姿だ。

何度か瞬きして、細長い自分の腕を見る。肌が妙にヒリヒリとして、自然と鼻の先に皺が寄った。

長い髪の隙間から周囲を窺うと、そこは薄暗く、石で取り囲まれている。光は小さな隙間から漏れてくるだけだ。

人間たちに鱗を剝ぎ取られた部分に掌で触れてみると、まだ少し痛む。

「………、」

森からどれくらい遠く離れてきたのかはわからない。

人間の体では、森の方角を匂いで知ることもできない。

ひたり、と冷たい床に足の裏をつけて立ち上がろうとした時、不意に大きな物音がして光が差し込んできた。

「！」

咄嗟に、体を丸めて身構える。

息を吐き出した喉が渇いて、小さな呻き声が漏れた。

「目を醒ましたか」

そこにいたのは、太陽のような色をした髪の男だった。

「手荒な真似をしてすまない。……俺の言葉はわかるか？」

急に差し込んできた光は森の中で浴びるそれとは違って、ギラギラと刺すようだ。

あるいは訪ねてきたこの男が太陽のように眩いせいかもしれない。

眩暈を振り払うようにして首を揺らしてから男を見上げる。そういえば、湖での最後の記憶はこの男が歩み寄ってきたところで途切れている。

つまり、ここへ連れてこられたのはこの男のせいだ。

「……ウウ、ウ」

威嚇(いかく)しようにも、体はなんだか重いし喉は張り付いたようになっている。

床に爪(つめ)を立てた自分の手が、力が入らずに震えているのがわかる。

「君が何者なのか、どうしてあの湖にいたのか——我々は調べなくてはいけなくて。それで、城まで来てもらった」

他意はないんだと言わんばかりに両腕を広げてみせた男は、金糸で縁取られた白い服を着ている。

そのきらびやかな装飾も、体にぴったりとあった綺麗(きれい)なラインの服も、森の中では見られないようなものだ。

過去に二回ほど、ヒトの姿で人里を窺ったことがある。

その時だって、こんなにキラキラとした服を着ているヒトはいなかった。

「もしかしてベッドを使わなかったのか？　床に座っていたら疲れるだろう」

広げていた手を所在なさそうに下ろした男が、ふと気付いたように部屋の隅へ視線を滑らせた。

そうされて初めて、この部屋にはいろんなものが置かれているようだということに気付いた。

さっきまでは森の夜よりも暗いと感じていた部屋が、それほどでもなかったのじゃないかと感じる。

男が入ってきたせいで、という以上に気持ちの問題だろうか。

とはいえ、居心地のいい場所とも思えない。

床はざらついた硬い石だし、森の中のような開放感もない。

「陛下」

と、男の背後から別のヒトの声がしてハッとした。

大きく開け放たれた扉の外に膝をついた、小柄な男だ。深緑色の髪を肩の長さで切りそろえて、涼しい顔立ちをしている。

今の今まで、そこにヒトがいたということさえ感じさせなかった。

「恐れながら、寝具で眠るというのは我々人間の習慣です。ですから、このような調度品は不要だと――」

「リドル、そういうことを言うんじゃない」

眉を顰めた男が嗜めると、リドルと呼ばれた背後の男はわずかに視線を伏せた。

「お邪魔するよ」

そう言うなり、男は歩み入ってきてまずは明かりを灯した。

透明の筒の中に、小さな火が揺れている。するとますます部屋は明るくなって、リドルという男が言った通り――様々な調度品が置かれていることがわかった。

大きなベッドも、繊細な細工が施された木の机も、どうにもこの石造りの部屋には不釣り合いだ。

まるで、わざわざ運び入れられたかのようなアンバランスさがある。

「さあ、床に座ってなどいないでこっちへ来るといい。話をしよう」

男は部屋の中をゆったりと巡回するように歩いて、これも不自然に置かれた赤い長椅子へと腰を下ろした。

金色の足をつけたその椅子は、柔らかそうな布で綿を包んでいるらしく、男が腰を下ろすとふわりと表面を沈ませる。

男が長い足を組んで座ってもまだ椅子には余裕があって、もしかしたらその空間に招かれているのかもしれない。

「陛下、恐れながら」

「こちらへおいで」

リドルという男が嗜める声をあげたのが聞こえないかのように、男が長椅子の空いた部分を掌で叩いた。

ここへ来いという、はっきりとした意思表示だ。

「俺はスハイルという。スハイル・フォン・トルメリアだ。君の名前は？」

男の目は榛色をしていて、肌は雪のように白い。高く通った鼻の先が少しだけ赤く色づいていて、大きな口からは深い音ではっきりと言葉が紡がれる。

陛下、という言葉の意味はわかる。

この男——スハイルは、この国の王だ。

スハイルがそこにいるというだけで部屋に漂うかのように思える光の粒子や熱、他のヒトとは違うオーラというものが、王だからだという理由一つで納得できる。

「……やっぱり俺たちの言葉はわからないか」

しかしその迫力を急に消沈させたようにスハイルが項垂れると、部屋の外に控えたリドルが小さく息を吐いた。

「それがドラゴンだという仮説が確かなら——」

ドラゴン。

部屋の隅で息を潜めたまま男たちの動向を静かに窺っていたつもりが、思わずその言葉に反応してしまったらしい。

スハイルと目が合う。

反応を示してしまったことに、気付かれた。

慌てて顔を伏せたけれど、きっともう遅い。

「……ドラゴンは智力の高い生物だと聞きます。我々の言葉はもちろんのこと、噂によれば世界中の言語を巧みに使い分けるとか」

リドルはもしかしたら、ドラゴンという言葉に反応を示すかどうか試したのかもしれない。

なんだか嫌な感じのする男だ。

床に伏せていた手で膝を抱き寄せて体をさらに縮めると、その間に顔を埋めるように表情を隠した。

智力が高いかどうかは知らないけれどヒトの言葉はわかるし、なんだかここが嫌な場所だということもわかる。

森に帰りたい。

それだけだ。

「怖がらなくていい」

ギッと短く軋む音が聞こえたかと思うと、硬い靴音が近付いてきた。

おそるおそる顔を上げるのとリドルがまた嗜めるような声をあげるのは同時だった。

「陛下！　そのようなものに近付いては危険です」

「危ないことなどあるか」

ともすれば部屋の中に駆け込んできそうなリドルを視線で制したスハイルが、そっと目の前で膝をついた。

薄汚れた石の床に、きらびやかな服が触れる。それがきっと大変なことなんだということは、リドルの反応を見るまでもなくわかった。

「このたびの非礼、どうか許してほしい。俺は君と、話をしたい」

キラキラとした、彼自身の髪の色と同じ金色の装飾のついた胸に手を当ててスハイルは真っ直ぐこちらを見つめてきた。

ここは、嫌な場所だ。

扉からこちらの様子を苦い表情で窺っているリドルからも、歓迎されていないことがわかる。

ヒトは嫌いだ。

剣で打たれ、矢を射られた体の節々もまだ痛む。

だけど、スハイルという男はそこまで嫌じゃない。そんな気がした。

「――……ユナン」

まだ声が掠れるけれど、きっとヒトの体が不慣れなせいもあるんだろう。

ようやくのことで小さくつぶやくと、スハイルが金色の睫毛を瞬かせた。

「わた、しのなまえ。……ユナン」

「そうか、君の名前はユナンというんだな。なにか今必要なものはあるか？　食事や、飲み物、服……なんでも用意させよう」

ほっと肩の力を抜いたスハイルは双眸を細めて手を差し出してくる。

湖でそうしたように。

とてもその手を、取る気にはなれない。

「もりにかえりたい」

食糧も飲み物も、森では困ったことなどなかった。ヒトの体でなければ服も必要ない。

なにもいらないから、森に帰りたい。

そう訴えると、スハイルの榛色の瞳が翳った。

「――それは無理だ」

目の前に膝をついていた身を起こし、立ち上がる。

さっきまで歩み寄ってくれていたように感じたスハイルが遠くなって、ユナンは思わずその顔を仰いだ。

「陛下、『今は』無理だ、と」

ユナンの前で立ち尽くしたまま、立ち去るでもなく、しかし言葉を続けるわけでもないスハイルに呆れたように扉前のリドルが口を挟んだ。

その顔を振り返ると、どことなく苦笑を浮かべているように見えた。

「我が国トルメリアでは、ドラゴンは災厄をもたらすと言われています」

そんなことはない。

リドルの言葉に驚いてユナンが目を瞠ると、頭上でスハイルが息を吐いた。

「年寄りたちの戯言だ。……しかし、不吉なものだという者がいる以上、その不安を取り除くのも俺の仕事だ」

マントを翻して長椅子に戻ったスハイルが、再び腰を下ろす。

その表情はさっきまでとは違って疲れているように見えた。

しかし、おかしな話だ。

災厄だといわれているドラゴンを——ユナンを退治しにきたのなら、それを城に招き入れるのは良いことではない気がする。

ユナンだって縁起が悪いと言われているものを自分の湖に持ち帰りたいとは思わない。

ましてや、豪華な長椅子やベッドなどの調度品を用意までして。

「俺は災厄なんてものは信じていない。もしそんなものがあるならば、ドラゴンを城に連れ帰れば俺に災厄が降りかかるということになる」
ハ、と短く息を吐き出すようにして笑ったスハイルが、不意に瞳をギラつかせてユナンを見据えた。
無意識に肌が粟立つ。

「俺に災厄を招くか？　ユナン」

「……！」

そんなことをするはずがない。

ユナンが力なく首を左右に振ると、スハイルが今度は快活に笑った。

「つまり、そういうことだ。俺に災厄がないことが証明されればドラゴンが不吉なものだなどと馬鹿げたことをいうのはよせという証明になる。そうなれば、ユナンも森で静かに暮らせるだろう」

不安の種を潰すというだけなら、ユナンを殺してしまっても同じことだったはずだ。

ヒトの形になったドラゴンほど脆いものはない。

それでもスハイルはユナンを城に入れて災厄などないということを証明する方法を選んだというのだろうか。

あまりのことに驚いてユナンが呆けていると、スハイルが再び大きな掌を差し出した。ユナンを長椅子へと招くように。

「それまでどうか、この城にいてほしい。不便な思いはさせないように約束する」

ヒトの体は相変わらず慣れなくて、立ち上がることも難しい。

それでもユナンは、気付くと小さく肯いて――差し出された手を、握っていた。

＊　　＊　　＊

「ユナン、入るぞ」

軽やかなノックの音と、スハイルの声。

日に三度、多い時は五回や六回もスハイルがユナンの元を訪ねてくると、そのたびに石造りの部屋は明るく、暖かくなるように感じた。

湖から連れ去られ、この部屋で目を醒ました時は真っ暗な部屋だと思っていたのに。

ヒトの形で長椅子に掛けることも難しくなくなってきて、このところユナンはこのふかふかの椅子の上で本を読むことに夢中になっていた。

そうしているとこの部屋はとても静かで穏やかで、森の中にいるのと大きく変わらないように感じられる。

「はい」

いつものようにスハイルの声に返事をしても、扉の開く気配が一向にない。

もしかしてノックされたと思ったのは聞き間違いだっただろうかと、椅子から腰を上げる。

二本の足で歩くことにも慣れた。

石の床は冷たすぎるだろうといってスハイルが使用人に敷かせた絨毯(じゅうたん)の上を歩いて、扉へと向かう。

扉に鍵(かぎ)はかけられていない。

だからユナンが城での生活に納得できず、森に帰りたいならばこの部屋を出ていくことは容易なんだとスハイルは最初の日に教えてくれた。

だけどユナンはまだこの部屋から勝手に出たことはない。

城の外に出て、ドラゴンの姿に戻れば森がどちらにあるかもわかるだろうし、空を飛んでいけばすぐに着くことはわかっているけれど。

ユナンの部屋の扉が開くのは、今のところスハイルを招き入れる時だけだ。

扉の向こうに本当にスハイルがいるのか少し不安になりながら外を窺うと、そこにはたしかにスハイルがいた。

「……スハイル？」

だけど、両手に分厚い本を何冊も抱えている。

「すまない、手が塞(ふさ)がっているのを忘れていて」

ノックは本の角でした、とノックをする仕草を見せるスハイルに、ユナンは思わず笑った。

「それならば、そうおっしゃってくれたら良かったのに。ごめんなさい、お待たせして」

「いや、なんとかなるかと思って」

膝の頭で本を押さえながら片手を空ける仕草などをしてみせるものの、結局はうまくいかなかったようだ。スハイルも屈託なく笑いながら、ユナンの招き入れた部屋へ入ってくる。

やっぱり、スハイルが訪ねてくると部屋はぽかぽかと暖かさを増すようだ。

「この間、トルメリア国史が読みたいと言っていただろう。それから物語を何冊かと――」

剣術で鍛えているというスハイルの逞(たくま)しい腕でも重かったのだろう本は、実に十冊ほどもあった。どれも大判で、トルメリア国史はユナンが借りているベッドよりも分厚い。

「ありがとうございます。ええと……この間お借りした本は」

「もう読み終わったのか？」

大荷物を小さなテーブルに乗せて一息ついたスハイルが長椅子に腰を下ろす。

またいつ部下に呼び出されてスハイルが部屋を去っていってしまうかわからないから、ユナンは慌てて前回借りた本をベッドの側から運んだ。

「まだ一冊だけ、半分ほど読んでいなくて」

今日もスハイルは訪ねてきてくれるだろうとわかっていたから、それまでに読み終えられるかと思っていたのだけれど。

読みさしの本は長椅子に置いたままだ。スハイルがそれに気付いて傍らの本を取った。

「文字を読むことには慣れたか？」

「はい、もうすっかり」

ヒトの文化に触れたことがないわけではないし、最初のうちこそヒトの体で小さな文字を追うこと自体に疲れはしたけれど、それも夢中になって読んでいるうちに慣れた。

特に物語を読むのは楽しくて、ついつい夜が更けても本を手放すことができない毎日が続いている。

森にいたら考えられないようなことだ。

森では木々が歴史を教えてくれ、鳥たちが人里で見てきたヒトの話を聞かせてくれたけれど、物語はもっとたくさんのことが書いてあった。

「本ばかりでなく、実際に国を回ってみても良いんだぞ？　城を自由に出ても良いと言っただろう」

スハイルが治めているというこの国の歴史を知りたいと思って国史が記された本を頼んだ。

本で読むよりも実際に国を回れば知れることもたくさんあるんだろう。

それこそこの国のことだけじゃない。物語で読むようなヒトの生活や、悲劇や喜劇、そして誰かを恋しく思う気持ちなども、実際に見ることができるのかもしれない。ヒトを間近に見れば。

だけど、それはヒトからもユナンを見るということでもある。

「いえ、でも……わたしは」

ふと、額に生えた小さな角に触れる。

これればかりはヒトの形になっても隠すことができない。

布をかぶりでもすれば見られずに済むかもしれないけれど、人里で頭から布をかぶっているヒトなど見たことがない。

「これは、隠すことはできないのか？」

「！」

無意識に伏せていた顔を不意に覗き込まれて、ユナンは目を瞠った。

気付くと、目の前にスハイルの端正な顔があった。ユナンが今まで見てきたどんな人間よりも眩い金色の髪と、白い肌。絵物語に出てきた誰もが美しいと褒め称える王子様、そのものだ。あれはスハイルを描いた物語だったのかもしれないと思うほど。

「ええと、……髪や、布でなら」

慌てて顔を引き、長い前髪を下ろして顔を隠す。

ただ、そうしていても額から飛び出した角は髪の隙間から飛び出してしまうけれど。

「そうか。それ以外は我々とまったく同じなのにな」

反射的に身を引いたユナンの手を取ったスハイルは、指先まで確かめるように触れる。

スハイルの骨ばった長い指先に触れられると、肌が粟立っていくようだ。ヒトの皮膚は鱗で覆われていないから過敏になっているだけかもしれない。

でもなんだか気恥ずかしくなってユナンは手をぎゅっと握りしめて首を竦(すく)めた。

「……っ、つのが隠せないのはわたしがまだ若いからかもしれません」

「若い？」

緊張したユナンの手を一撫でしてから遠慮がちに離れたスハイルが、目を瞬かせた。

「ユナンは何歳なんだ？」

離れてしまったら離れてしまったで、なんだか物足りなく感じる。

ユナンは握りしめてしまった手をゆるゆると解いて、まだ近くにあるスハイルの顔を窺い見た。

「まだ、生まれてから五十年ほどです」

「ごじゅ、っ――……」

声をうわずらせたスハイルが、口を開いたまま目を丸くして、長椅子の背凭(もた)れにどっと体を預けた。

そんな無防備な表情のスハイルを見たのは初めてだ。

「……ドラゴンは、だいたい何年くらい生きるものなんだ？」

「百年生きてやっと一人前で……、多くのドラゴンは千年生きるといわれています」

ユナンも他のドラゴンとそう多く会ったことがあるわけじゃない。

だいたいのことは遠く旅する鳥たちや、ドラゴンよりも長生きすると言われている森の木々に教えてもらった。

もちろん中には自分の棲み処にこだわらず旅するドラゴンもいて、彼らを見るとユナンはまだまだ子供だと思わされた。ドラゴンとして多くのことは彼らから学んできたつもりだ。

ドラゴンがヒトからどんなふうに思われているのかも。

「千年……」

呆けたような声で、スハイルがつぶやいた。

ドラゴンが災厄を招くと言われているのはなにもこのトルメリア国だけじゃないということも、他のドラゴンから聞いたことがある。ヒトよりも長く棲んでいた地を追われ、旅の途中にあるというドラゴンもいた。

ヒトは、自分たちとは違う生き物を怖れてしまうから仕方がないんだとそのドラゴンは笑った。

「――……」

無意識に顔を伏せて、ユナンは服の裾を握った。

ヒトの形をしていてもユナンはドラゴンだ。こんな未熟な姿をしているのに五十年も生きてきたというユナンを気味悪く思っても仕方がないのかもしれない。

「すごいな、千年か……それだけ時間があれば、どんなことにも挑戦できるだろうな」

うつむいたユナンの頭上から感嘆の声が聞こえて、思わずスハイルの顔を盗み見る。

そこには信じ難いという表情のスハイルの、真っ直ぐな瞳がきらめいていた。

「あの……気味が、悪くないんですか？」

「どうしてだ?」

不安で小さくなったユナンの声を丁寧に掬い上げるように顔を寄せたスハイルが、微かに笑う。

そこには怖れも、嫌悪感もないように見えた。

そういえば湖でもそうだった。

たくさんの騎士に取り囲まれて必死で抵抗するしかなかったユナンに、スハイルだけが何故か歩み寄ってきた。

ユナンはヒトが怖かったのに。

スハイルは、ユナンが怖くなかったんだろうか。

きっとそう尋ねたらまた「どうしてだ?」と首を傾げられてしまうんだろう。

心から不思議そうにユナンを覗き込むスハイルの顔を見ていると、思わずおかしくなって笑ってしまう。

森の小さな動物や花たちだって、ドラゴンを見たら少しは身構えてしまうものなのに。

「スハイルは、変なヒトですね」

スハイルがユナンを訪ねてくると部屋が暖かく感じるのは、このせいかもしれない。

スハイルが側にいると安心する。この人は、自分を傷つけないと信じられるから。

「俺を変人扱いするユナンも変なやつだ」

口元を抑えて笑いが堪えきれないユナンを、最初は驚いたように見ていたスハイルが自分も呆れたように笑い出す。

スハイルが笑うと、ユナンはますます楽しくなってきて肩を震わせた。

「おい、そんなに笑うやつがあるか。俺はこれでも一国の主だぞ？」

「もちろん、よく存じております」

いつまでも笑っているユナンを笑いながら小突こうとするスハイルの手から逃れようとすると、思いの外素早い腕が腰に回された。

たしかにユナンも本気で逃げようとしたわけではないけれど、それにしてもスハイルの動きは素早くて、湖でも、この部屋に来た最初の日もスハイルがその気になりさえすればヒトの形をしたユナンを強引に捉えることは簡単だったんだろうと思い知らされる。

だけど、スハイルは今までそうしたことは一度もなかった。

こうして冗談で捕まえること以外には。

「こら、笑うのをやめろ」

長椅子から身を乗り出してユナンを捕まえたスハイルが、わざとらしく怒ったような口調で命令するとまた笑いがこみ上げてくる。

「ふふ、申し訳ございません陛下。どうかお許しを」

「まだ笑っているじゃないか」

ユナンだってこんなに笑うことは今まであまりなかったから、苦しくてたまらない。もうなにがおかしいのかもわからないけれど、スハイルがユナンを捉えた腕で長椅子の隣に引き上げると、ただそれだけのことがおかしくなってきてしまう。

「陛下も笑っておられるじゃありませんか」

目線の高さを同じにしたスハイルを見ると、彼も屈託なく笑っている。

豪奢な金糸細工の施された衣装が、スハイルの笑顔に反射してキラキラと眩しいくらいだ。

と、そのきらびやかな服の袖口から覗いた肌に違和感を覚えてユナンは目を瞬かせた。

「スハイル、これは……」

笑うのを止め、自分の体に触れたスハイルの腕に手をかける。少し袖をめくろうとすると、スハイルが気恥ずかしそうに腕を引いた。

「怪我をしているんですか？」

「いや、これは……」

袖を押さえたスハイルは、バツが悪そうに視線を逸らしている。

腕にあったのは、たしかに裂傷の痕だった。

表面は乾燥しているものの、まだ比較的新しく、赤く色付いていた。ユナンがこの城に連れてこられて以来、毎日スハイルの顔を見ているけれど怪我をしたような素振りは一度も見せなかったのに。

「みせてください」

身を乗り出して、スハイルの腕に触れる。

傷に触らないように注意しながら強引に袖をまくりあげると、そこには鋭いもので切りつけられたような鮮やかな傷があった。一つだけじゃない。小さな擦傷もある。

「これは……」

「もうとっくに治っているはずなんだが」

もういいだろうと傷を隠そうとするスハイルの手を摑んで、顔を仰ぐ。

相変わらず決まりが悪そうに——どこか不機嫌そうにそっぽを向いてしまっているのは、この傷がいつついたものか自分でも覚えているからだろう。

「——ドラゴンにつけられた傷は治りが遅いですから」

スハイルの手を握った指先に、無意識に力がこもる。

あの時はとにかく必死だった。

殺されると思ったし、森を奪われるのもごめんだった。ユナンはヒトを殺したくなかったけれど、きっとスハイルの腕は自分の鱗のせいで傷ついたんだろう。

「そんな顔をするな」

スハイルの腕を見下ろした自分が、どんな表情をしていたのかはわからない。そもそもヒトの表情なんて、どうなっているのかも自分でよくわかっていないのだから。

しかしスハイルの声に顔をあげると、榛色の瞳になんだか泣き出しそうな顔が映っていた。

「これは、何の罪もないお前を強引に捕らえた罰だ」

スハイルが睫毛を伏せると、頰に影が落ちる。

さっきまでスハイルが笑っていると春の木漏れ日のように幸せな気分になったのに、今は胸が苦しくてたまらない。城に連れてこられる時に縛り上げられた時より、もっとつらい気持ちになる。

「お前は？　……傷などは残っていないか？」

傷痕に触れていたユナンの手を握り返したスハイルが、思わず伏せそうになった顔を覗き込んでくる。

「わたしは――」

「手荒な真似をしてすまなかった。何度謝罪しても許されるものではないだろう。誰だって、何者にも迷惑をかけずに暮らしているところを脅かされる謂れなどないのに」

ユナンの傷はとっくに治っている。

もう痕も残っていないというのにまるで心に残った傷がスハイルには見えているかのようだ。なにもないユナンの肌の腕を何度も優しく撫でて、スハイルは深く項垂れた。

「……やはりスハイルは、変なヒトです」

ドラゴン相手に謝るヒトなんて話は、聞いたことがない。

それに、ドラゴンは長生きだし傷の治りも早い。痛々しい傷が残っているのはスハイルのほうだっていうのにこんなふうに謝るだなんて。

「スハイル、腕をもっとよくみせてください」

苦笑を浮かべたスハイルの腕を引いて微笑みを浮かべると、最初は少し抵抗したものの、すぐに諦めたように力が抜けた。

慎重に袖をまくって、傷を確認する。

裂傷は縁が火傷したように爛れていて、完治したとしても痕が残ってしまいそうだ。それを覆い隠すように掌を乗せる。

ヒトの形でうまくできるかどうかわからないけれど、ユナンは掌に意識を集中させてまぶたを閉じた。

長く伸びた髪がひとりでにざわめき、体の芯が熱くなっていくのを感じる。それを、触れた肌からスハイルに流し込むようにイメージする。

「……っ、」

スハイルが短く、息を呑んだ。

「すみません、痛みましたか？」

「いや……」

ユナンが驚いて顔を上げた時にはもう、掌の下に傷の感触はなかった。

「これが、……ドラゴンの持つ魔力というものか？」

すっかり綺麗になった自分の腕を見下ろしたスハイルが目を瞠る。

これが魔力と呼ばれるものなのかどうかはわからない。

枯れた花を再び咲かせることはできないけれど、傷ついた動物たちの治癒を促すことはできる。その程度の力だ。

「スハイルの綺麗な腕に傷が残っては困りますから」

スハイルはまるで、宝石のように美しい。

王としての威厳もあるし、ユナンを守ろうとした強さもある。そんなヒトに傷を残していたくなかった。それだけだ。

さっきまであった傷が跡形もなく消えたことに驚いて腕を曲げ伸ばししていたスハイルはユナンの言葉を聞くとまた、小さく笑った。

「なにを言う。綺麗なのはお前のほうだ、ユナン」

呆れたようなスハイルの笑顔を仰ぐ。

視界を遮る長い髪を避けたスハイルの掌がそっとユナンの頬に触れると、何だか急に顔が熱くなった。魔力を発しているわけでもないのに。

「ドラゴンの姿も美しかったが、人間の姿をしていても、お前は――」

低く濡れたようなスハイルの声が近くなってユナンが耐えきれずに視線を伏せようとした、その時。

「陛下」

部屋の扉をノックする音と、聞き慣れた涼やかな声が響いた。

スハイルとの時間に終了を告げる、いつものリドルからの呼び出しだ。

「議会のお時間です。お急ぎを」

「今行く」

ユナンの頬に触れたまま扉を振り返ったスハイルの様子はもうすっかり、国王としての顔だ。

何故だか、ユナンと二人きりでこの部屋にいる間のスハイルはもっと優しく穏やかな表情をしていると感じる。それがどういうことなのかはわからないけれど、スハイルがこうして凛（りん）とした態度に戻ってしまうと心細いような悲しいような気分になる。

城に来て以来ずっと、ヒトの形でいるからだろうか。

最近は自分でも自分のことがよくわからないことが多い。

「ではまたな、ユナン。なにか必要なものがあればいつでも言ってくれ」

スハイルの手が頬から離れ、髪をさらりと撫でた後長椅子の隣が空いてしまう。

急に体の熱が奪われたような気持ちになって、ユナンは唇をきつく結んだ。黙って肯くことしかできない。

「また来る」

そう言い残して、スハイルはマントを靡(なび)かせながらリドルの待つ扉へと立ち去ってしまった。

また明日になればスハイルは訪ねてきてくれるだろう。日によってはその日の内にも顔を見せてくれることだってある。スハイルを待っているのは大した時間でもないし、彼が持ってきてくれた本を読むのだって楽しみにしているのは本当なのに。

もしかしたらこれが、物語に書いてある「寂しい」という気持ちなのかもしれない。

ユナンが寂しいと言ったらスハイルはどんな顔をするんだろう。

変なやつだと言うのか、それとも困ったように笑うだろうか。

また頬を撫でて、低くてどんな花の蜜(みつ)よりも甘いあの声を顔の側で聞かせてほしい。

ユナンはひとり残された長椅子に凭れて、深く息を吐いた。

「おはよう」

ユナンは毎朝、部屋の窓を開くと鳥たちを迎え入れて挨拶をする。

与えられている部屋は城の高い塔の上にあるようで、鳥たちも入ってきやすいようだ。

城に連れて来られて間もない頃から、ユナンの気配を嗅ぎ取った鳥たちが訪ねてきては毎朝森の様子を教えてくれる。ユナンが無事でいることを森のみんなにも知らせてくれているようだ。

ユナンの日課といえば、それくらいだ。

朝は鳥たちと語らい、昼になればスハイルが訪ねてくる。それ以外は本を読んで過ごしている。

リドルから聞くところによれば、暦があと一周もすればユナンは国に災厄をもたらすことはないだろうと判断されて森に帰れるのだという。

この国の暦であと一周と言えば、五十日ほどだ。

ユナンがここで過ごすようになって既に暦は一周している。その間も、トルメリア国に災厄といわれるようなことはなにも起こっていないらしい。もしこれでなにか災いがあったりしたらユナンのせいにされるのだろうかと思うと気が塞がないでもない。

もし災厄の責任を取らされるとしたら――その時はユナンを城に連れ帰ることを決定したスハイルにも処罰があるのだろうか。

そう思うと、ゾッとする。

万が一のことがあればドラゴンの形に戻って、スハイルを連れて逃げられるだろうか。

「うーん……」

すっかり馴染むようになってきたヒトの体で首をひねると、鳥たちがそれを面白そうにさえずる。

「ふふ、大丈夫だよ。できれば、森に帰りたいと思ってる」

慣れ親しんだ森で穏やかに過ごすのが一番だし、スハイルの国に不幸などないほうがいいに決まっている。

鳥たちだってユナンが当然戻ってくるものだと思っている。だってドラゴンが災厄を招くなんてことは絶対にないのだから。

「——……だろうな、……なにを考えているのやら……」

ふと、扉の外でヒトの話し声がした。

鳥たちが一斉に飛び立って、窓から出ていく。スハイルが訪ねてくるにはまだ早い。きっと、朝食とユナンの着替えを運んできてくれたヒトの声だろう。

ユナンは鳥たちを見送った窓を閉めて、扉に向かおうとした。

「ドラゴンなんて、薄気味悪いものを」

男の声がはっきりと聞こえて、思わず足を止める。

たしかにいつも着替えと朝食を持ってきてくれる騎士の声だ。

「まあ、陛下が殺生はするなというのですから仕方がないでしょう。諦めが悪いですよ」

どうやら、今日はリドルが一緒のようだ。

そうでもなければ、一人ならば彼もドラゴンを嫌っているなんて本音を零すことはなかっただろう。

気味が悪いドラゴンの世話をしなければならないなんて冗談じゃないといくら心の中で思っていたと

しても、一人では声に出すこともない。

ユナンは扉から一歩引いて、視線を伏せた。

彼らは自分たちの会話がユナンに聞こえているとは思っていないだろう。あるいは、聞こえたところで構わないと思っているかもしれない。

「ドラゴンを殺すなって言われても、そのドラゴンのせいで国民に災いが起こったらどうするつもりだよ」

「それを守るのが騎士団の務めなのでは？」

「はぁ？　ドラゴンがどんな災厄を招くかもわかんねぇんだろ、そんなのから守れるか？」

ドラゴンがどんな災厄を招くかなんて、そんなことはユナンだって知らない。

彼らがこの部屋の扉を開いた時にどんな顔をして迎えればいいかわからずに、ユナンは思わず踵を返してベッドに潜り込んだ。それでも、扉の外の会話は聞こえてくる。

「陛下にもお考えがあるのかもしれません」

リドルの声は、いつもの澄ました調子より少し砕けているように感じる。スハイルが側にいないせいで、肩の力が抜けているのだろう。

「考え？」

「知らないんですか？　ドラゴンの鱗や生き血は高値で売れるそうですよ」

思わず、息を詰めた。

敷布に包まった体がさっと冷えて、胸が軋むように鳴っている。

「そんなもん買ってどうすんだ？」

「不治の病に効くとか長寿になるとか……気味が悪いのは確かですけれど、つまり魔力があるってことですからね。それにあやかりたいという人はいるんでしょう」

ぎくりと体が強張(こわば)って、シーツを握りしめた手が震える。

魔力を使うことは、気味が悪いことなんだろうか。

傷痕の消えたスハイルの逞しい腕を思い出す。

あの時、スハイルは笑っていたけれど、もしかしたら気味が悪いと思っていなかっただろうか。

スハイルが喜んでくれるかと思ってしたことが、彼を嫌な気分にさせていたらと思うと、それが生き血を抜かれることなんかよりもずっと恐ろしい。

呼吸が浅くなって、目が熱くなってくる。

ぎゅっとまぶたを瞑(つぶ)ると、目頭から水があふれてきた。

「おい。リドル、スカー」

「！」

その時扉の向こうからスハイルの声が聞こえて、ユナンは思わず声が漏れそうになった口を両手で塞いだ。

ただでさえ軋むようだった胸が、壊れてしまったんじゃないかというくらいより激しく打って、呼吸もままならない。

リドルやスカーと呼ばれた騎士の男のように、スハイルも実はドラゴンなんて不気味だと思っているのだとしたら。いつもは漏らさない本音を漏らしたら。

きっとユナンは、この世から消えたくなってしまうだろう。

スハイルにどんなふうに思われているかなんて、聞きたくない。知りたくない。

それなのに、ヒトの手はどんなに耳に押し付けても音を完全には遮断できないようだ。こんなにも鼓動がうるさいくらいに鳴り響いているのに。

「陛下」

「今日はずいぶん早いですね」

二人の声が上ずっている。

スハイルがやって来るとは思っていなかったんだろう。ユナンだって、こんな時間にスハイルが訪ねてくるとは思っていなかった。訪ねてきてほしくなかった。

毎日あんなに待ち遠しく思っていたスハイルの来訪が、今はただただ怖い。

「……お前たち、俺がユナンの生き血を売るとでも思ってるのか」

スハイルの声が低く、震えている。

二人は押し黙ったままだ。どんな顔をしているのか、部屋の中にいるユナンにはわからない。スハイルがどんな顔をしているのかも。

「お前たちは、なにもしていない者を人伝（ひとづて）に聞く噂だけで処分したり生き血を売り飛ばすような王に傅（かしず）いているのか？」

「しかし、陛下……！　相手はドラゴンです」

声を張りあげたのは、スカーという男のようだ。

「災厄があってからでは遅いでしょう」

「何の罪もない命を奪った後で何事があったかどうかなんて誰にわかる？」

「……っ」

扉の外、階段の下で交わされている会話が聞こえてくるだけなのに、スハイルの堂々とした態度が目に浮かぶようだ。それに気圧(けお)されて言葉に詰まる騎士の表情まで。

ユナンはおそるおそるベッドから顔を出して、扉のほうを窺った。

まだ到底開く様子はないけれど、さっきまでは訪ねてくるのが怖く感じたスハイルを待ち遠しく感じる。

「ユナンが我々に一体なにをしたっていうんだ？　ドラゴンの伝承なんて、真実かどうかも怪しい昔語りの部類だ。……それでも、ドラゴンを恐ろしいと信じている国民を納得させるために、ユナンにはここに滞在してもらっている。本当ならば、なにもしていないのに強引に連行してこんなところに軟禁しておくなど許されることじゃない」

押し黙ってしまった二人の声が聞こえなくなった代わりに、階段を上がるスハイルの足音が響いてきてユナンはベッドの上で体を起こした。

さっきまで冷え切っていた体に血が巡っていくのがわかる。

「ユナンは大事な客人だ。礼を失するなよ」

ユナンに聞こえないように抑えられたスハイルの声が最後に聞こえたかと思うと、ようやく扉がノックされてユナンはベッドを飛び上がった。

「ユナン、おはよう。……って、なんだ。まだベッドにいたのか？」

転げるように扉へ向かおうとしたのだけれど、スハイルが開けるほうが早かった。

ユナンがたった今ベッドから降りてきたばかりだということは一目瞭然だ。

べつに今起きたわけではないのだけれど――まさか彼らの話を聞いていたなんていうわけにもいかない。ユナンは忙しなく瞬きをして、言葉を探すように視線を泳がせた。

寝坊したといえばいいだけかもしれない。

だけどせっかくスハイルがユナンを大事な客人だと思ってくれているのに、こんな時間までのうのうと寝ていただなんて思われたくない。

「あの、……ええと」

「もしかして、私どもの会話が聞こえていたのでは」

言い淀んだユナンをよそに、いつも通り涼やかなリドルの声が室内の空気をバッサリと斬り捨てた。

何故かユナンの体がぎくりと緊張して、思わず顔を伏せてしまう。

わざと盗み聞きをしたわけでもなければ後ろめたいことはなにもないけれど、自分を悪しざまに言われていたのを知っていてごまかそうとしただなんて、なんだか惨めな気分だ。

「そうなのか？　……すまない、ユナン」

スハイルがさっと表情を曇らせたのが顔を伏せていてもわかって、ユナンは慌ててその顔を仰ぐと首を振った。

「いえ、ドラゴンが忌避される存在だと思われていることは、知っています。この国だけじゃなく、他の場所でも……ヒトとの共生はむずかしい、と言われています」

平気なふりをしているわけじゃない。

わかっていたことだ。

スハイルがあまりにもなんでもない様子でユナンに接してくれていたから忘れかけていただけで、リドルやスカーの態度が人間の一般的な反応だ。

ただ、スハイルにもそう思われていたらと思うと、血の気が引くくらい怖くなってしまっただけで。

「……御無礼をお許しください」

眉間に深い皺を寄せ、唇を真一文字に結んだスカーが苦い声を絞り出して深く頭を下げる。

ドラゴンに頭を下げるなんて渋々といった表情なのか、それともリドルとの会話が筒抜けになっていたことにバツの悪い思いを噛み殺しているのかはわからない。

どちらにせよ、ユナンが許すも許さないもない。きっと同じように思っているヒトはこの国にいくらでもいることだろう。

ユナンはスカーに弱々しく笑って見せた。それ以外に、どうしたらいいかもわからない。

「共生は難しい……か」

小さくため息が聞こえたかと思うと、未だに難しい表情を浮かべたままのスハイルがぽつりとつぶやいた。

ドラゴンにだっていろいろな性格の者がいる。

棲み処を人間に壊されて恨んでいる者も、創造的で楽しそうに生きている人間たちを可愛らしいと好むドラゴンも。好奇心の強いユナンは何度か人里を覗きに行っては、人間の営みにわくわくしていた。

だけど、必要以上に近付いてはならないという教えを守ってもいた。

それはドラゴンにとっても人間たちにとっても幸せな結果にはならないからと。

ユナンが人間を好きでも、人間たちはドラゴンを好きにはなれないのだから。

「俺は、そうは思わない」

自然と視線を伏せたユナンの気を引くように、スハイルが凛とした声をあげた。

驚いたのは、ユナンだけではなかったようだ。顔を上げるとリドルやスカーも目を瞬かせて国王を仰いでいる。

スハイルは、まるで太陽だ。

窓から差し込む朝日に金色の髪を靡かせて微笑むと、それだけで胸の中にまで温かいものが流れ込んでくる。

「人の言うことは気にするな。自分の意志に反して連れてこられた場所でも気丈にして、知的な好奇心もあるユナンを俺は尊敬している。お前がその気になりさえすればこんな城だってきっと壊すことくらい容易いはずなのに」

「陛下」

慌ててスカーが制するけれど、スハイルは気にする様子もない。

たしかに、ヒトの形をしたユナンには広すぎるこの部屋も、ドラゴンの形に戻れば壊してしまえるかもしれない。どうしても森に戻りたければ、そうすればいいだけだ。

だけどユナンは城を壊してまで森に帰りたいなんて思ったことはない。それはスハイルがいたからだ。ここが、スハイルの城だから。

「ドラゴンが災厄を招くだなんて俺は信じていないし、そんなことはないと証明してみせるつもりだ。こんなに優しく聡明で、美しいユナンが誤解されたままでいるのは耐えられないからな」

「スハイル……」

自分を信じてくれるスハイルに礼を言いたいのに、言葉が出てこない。

誰になんと思われても、スハイルにさえそう思ってもらえるならもう、それだけでいい。こんなに幸せな言葉をもらえるドラゴンはそういないだろう。

胸がいっぱいになって、まぶたの裏にたくさん花が咲いているような気持ちだ。

「――陛下がこんなに誰かに執着するのは初めてですね」

スハイルの背後で、リドルが小さくつぶやいた。

その声は呆れているようにも、困惑しているようにも聞こえた。


花の香りをはらんで風が吹いてくる。

ヒトの形になったユナンが一番驚いたのは、いつも湖の中から見下ろしていた花が目線の高さにあることだった。

「ユナン、こっちへおいで」

草木で作られたアーチの向こうから、スハイルが手招きをする。

城に連れて来られて以来ずっと過ごしていたあの部屋を初めて出てみようと思ったのは、五日ほど前のことだ。

錠がかけられているわけではないしいつでも出入りしてかまわないのだとスハイルにはずっと言われていたけれど、リドルやスカーの様子を見ているととても出るような気にはならなかった。

スハイルがなんと言おうと、人間からしてみたらドラゴンは不吉な存在だ。

実際、こうして城の庭に降りてきてみるとすれ違う人間たちからは怯えたような目を向けられる。

ユナンをこうして気安く呼んでくれるのはスハイルだけだ。スハイルだけが特別だ。

「この花は……？」

手招かれて歩み寄った先には、赤や黄色の大輪の花が咲き乱れて、甘い香りが漂っていた。さっきから風に吹かれて漂ってきていたのはこの花の香りだったんだろう。

「西の森には咲いていないだろう？　ユナンにこの花を見せたかった。今の時季しか咲いていないから」

「……きれいですね」

五日前、初めて庭に降りてきたのはスハイルと一緒だった。きっと一緒じゃなかったら降りてはこられなかった。

　気分が乗らないユナンを、自分が外の空気を吸いたいんだと言ってスハイルは誘い出して——スハイルは一人でいくらでも外の空気を吸えるはずなのに、あまりにもへたくそな言い訳に笑ってしまって、外に踏み出した。

　高い塔の階段を降り、広場を抜けて草木の多い庭までやってきて——初日はそこで、力尽きてしまった。

　ユナンは今まで靴なんてものを履いたことがなかった。

　ドラゴンの姿ではもちろんのこと、ヒトの形になる時もいつも裸足だった。だけどそのままではユナンの綺麗な足に傷がつくからといってスハイルが用意してくれた靴は、慣れないユナンには少し窮屈に感じた。

　サイズは間違っていなかったけれど、足が擦り剝けてしまって翌日は外に出られなくなった。

　スハイルがそのことを気に病んでしまうのが嫌で、次はユナンから庭に降りたいと誘った。それが、三日前のことだ。

　ユナンに見せたいものがあるんだとスハイルはまた庭に誘ってくれたけれど、途中でリドルから緊急の用事で呼び出されて庭に辿り着くこともできなかった。

　今度はいつ庭に誘われてもいいように、ユナンは部屋の中でもなるべく靴を履くようにしている。

　そうしてやっと五日がかりで到着したのがこの花園だ。

「ふふ、大事にされているんですね」

何枚もの花弁が重なって鮮やかな色を放つ花に顔を寄せると、陽の光をたっぷり浴びた花々の楽しげな歌声が聞こえてくるようだ。

「ああ。この花は庭師にも特に丁寧に手入れさせて――」

「いいえ、花たちが喜んでいるのはスハイルに愛されていることです」

花弁に鼻先を擦り寄せてから、スハイルを振り返る。

スハイルはユナンの言葉をはかりかねるように、目を瞬かせていた。

「スハイルがこの花を好きだという気持ちが、花にも伝わっています。いつも、この花の様子を見に来ていたのでしょう？　こうしてみんなが咲くのをスハイルが待ってくれていたって、花たちは知っています。みんな、スハイルに自分たちを見てみてって言っていますよ」

甘やかだけれど嫌味のないさわやかな花の香りが強いのは、スハイルに満開の花を楽しんでもらいたいと思っているから。

風に揺れて、花弁の色を鮮やかにきらめかせてスハイルの目を楽しませてくれようとしている。

「――……ユナンは、花の気持ちがわかるのか？」

少しだけ驚いたように目を瞠った後、スハイルは双眸を細めてユナンを見つめた。

「はい。ドラゴンなので」

きっと、他の人間なら花の気持ちがわかるドラゴンのことを気味が悪いと思うかもしれないけれど。

スハイルならそんな心配もない。ユナンも安心して笑い返した。

「そういう……ものなのか。人間は、同じ人間の気持ちもよくわからなかったりするのにな」

「ドラゴンにもヒトの気持ちはわかりません。きっと花や動物は素直だから、わかるんです」

ユナンが首を竦めると、それもそうかもなとスハイルも笑った。

ここ最近は、朝食を運んでくれるスカーと少しずつ会話をするようになった。

ドラゴンのことなど快く思っていないはずの彼がどうしてユナンと話す気持ちになったのかはわからない。

最初は天気の話を、それから彼の愛馬の話をするようになって、ドラゴンに対する気持ちが和らいできたのかと思っていたら先日はユナンを本当は殺すつもりでいたと言われて驚いた。

スカーはトルメリア王国の騎士団長をしていて、スハイルたちが西の森の湖にやってきた時はみんなそこに棲むユナンを討伐するつもりだったそうだ。

西の森で狩りをする猟師たちがドラゴンに怯えずに済むように、スハイルもそのつもりなんだろうと思っていた――らしい。

だけどユナンの姿を見るなりスハイルは生きたまま城に連れて帰ると言い出して、その真意は未だにスカーにもわからないらしい。

ユナンにはスハイルの気持ちもわからないし、そんなことを話そうと思ったスカーの気持ちもわからない。

でも、ユナンが朝食をとる間部屋でくつろいでいろいろな話をしていくスカーのことを、以前よりも怖いとは思わなくなっている。

人間は複雑で難しい。ユナンには花や動物のほうがわかりやすい。

「花は、人間の気持ちがわかるのか？」

色とりどりの花の中からいくつかだけ咲いている白い花に手を伸ばしたスハイルが、つぶやくように言った。

「どうでしょう。ヒトが花に素直に接していれば、伝わっているかもしれません」

「そうか」

スハイルの長い指先が、花弁を撫でる。

花に落とされた視線がひどく優しくて、ユナンは別の花へ耳を寄せた。ユナンが知らないスハイルの姿を、花たちから聞けるかもしれない。

お互い言葉をかわさなくても流れる時間の暖かさが、居心地よく感じた。

スハイルもそう感じてくれているといい。

「……では、俺の正直な気持ちを花に伝えたら、それはユナンにも届くということだろうか」

甘い蜜の香りをはらんだ風に乗って、スハイルのため息が聞こえてきた。

「花を介してわたしに？　それは、言葉に伝えていただいたほうが早いのでは……」

せっかく、ユナンがヒトの形をしているのだから。

それともなにか伝えにくいことでもあるのだろうか。悪い話でなければいいけれど。

目を瞬かせたユナンが視線を正して向き直ると、スハイルはためらうように視線を泳がせた後大きく息を吸った。

「ユナン、実は――……」

その時中庭のほうから慌ただしい足音が響いてきて、花たちが一斉にざわめいた。

あまり、花には好かれていない人物がやって来るようだ。

「陛下！　こんなところにいらしたんですか」

老いた男性のしゃがれた声。

咲き誇る花を掻き分けるようにして現れた男は、顔を見せるなりスハイルの側に立ったユナンを一瞥してぎくりと体を強張らせた。

この城の人間がユナンを見てこんな反応をするのは珍しくもない。

ユナンが部屋を出てきさえしなければ彼らが不吉なものを見てしまったという気持ちにならないで済むのだから、申し訳ない気持ちになる。

「へ、……陛下、こんな人目のないところで災厄と会われては」

「災厄？　なんのことだ。俺はユナンと花を愛でていた。それだけだが？」

さっきまで柔らかだったスハイルの態度も硬くなってしまった。

花たちは素知らぬ顔で風に揺れている。

男は苦い表情で咳払いを一つすると、しきりにユナンを気にしながら小さく首を振った。きっと、スハイルはいつもこんなふうに彼らを困らせているんだろう。

ユナンは顔を伏せ、できるだけ迷惑にならないように花の影に隠れた。

「帝国から使者がいらしておいでです」

さあ、と男がスハイルを促すように来た道を指し示す。

どうやら、男が来た方角が城への最短の道のようだ。ユナンたちは庭の風景を楽しみながら来たから、少し遠回りをしたのかもしれない。もしこの道が最短だとわかっていても花を掻き分けてくることなんてしようとも思わなかっただろうけれど。

「適当に待たせておけ。俺が呼んだわけじゃない」

急いで主を呼びに来たのだろう男にひらりと手を振ると、スハイルはあっけなく背を向けてしまった。

そのそっけない態度はユナンが今まで見たことのないスハイルの姿で、体を半分花に埋めながらもびっくりして息を殺した。

「いつまでも返答を保留にはしておけません、陛下」

「保留になどしていない。俺ははっきりと断ったはずだ」

スハイルの声は棘(とげ)が立って、年老いた男を追い払おうとしている。

眉間に皺を寄せたその苛立(いらだ)った表情は、疲れているようにも見えた。

ユナンが城に来て以来、スハイルが訪ねてこなかった日はない。だけど、一国の王ともあろう人物が暇を持て余しているなんてことはないだろう。

もしかしたらただでさえ忙しいスハイルの時間をすり減らしているのは自分かもしれない。

疲れたスハイルの表情を見ていると、そう思えてしまった。

「スハイル、わたしは――」

部屋に戻っていようかと尋ねようとした、ユナンの声が小さかったのだろう。

男のしゃがれた声に掻き消されてしまった。

「陛下、もっとお世継ぎについて真剣にお考えくださらないと！」

世継ぎ。

その言葉の意味を頭で理解するより先に胸に棘が刺さったような感じがして、ユナンは自分の胸元を見下ろした。

スハイルと男の会話の棘がこちらにまで飛んできたようだ。

「会ったこともない女と子を為すことなど考えられるか」

「ですから、姫君にお会いして婚約の儀を進めなければと再三使者がお越しで……！」

スハイルには、婚約相手がいるのか。

当然のことだ。

生物はこの世に生を受けたからにはつがいになり、自分たちの子孫を残していこうとするものだ。花が甘い蜜を放つのも、鳥たちの羽が美しいのもそのためだ。

風に揺れるスハイルの美しい金色の髪は、どんな人間も心奪われるだろう。

声は甘やかで、眼差しも優しい。笑顔は誰の心をも溶かすだろうし、自分がどんなに忙しくてもユナンへの気遣いを怠らないくらい、温かな人物だ。スハイルには戦闘能力だけじゃない心の強さ、しなやかさもある。

そもそも王の遺伝子を残したいと思うメスはいくらでもいるだろう。

当然のことだ。

何度も自分にそう言い聞かせて、ユナンは胸に刺さった棘を払い落とすように掌で服を擦った。

体が脈打つたびに、指先まで痛みが走るようだ。

城に連れてこられた時でさえ、大した怪我もしていなかったのに。

「だから、俺が帝国の姫と婚約をするだなどと了承したことは一度もないと言ってるだろう」

スハイルの苛立ったような声がユナンの耳を打ち、手足が震える。

知らず、ユナンは後退っていた。

「では、積極的に社交の場へお出向きくださいませ！　陛下のお目に留まる姫がいらっしゃれば私どもはそれで――」

なんだかひどく胸がざわついて、二人の会話を聞いていられない。

リドルやスカーに自分を悪しざまに言われた時以上に、目の前が暗くなる。

「……ユナン？」

じりと足を退いて踵を返そうとしたユナンの気配に気付いたスハイルが、はっとしたようにこちらを振り返る。

今は、その透き通った瞳に映ることさえ恐ろしく感じた。

「わ、……わたしは部屋に戻っています」

ズキズキと痛む胸を押さえて顔を伏せ、踵を返す。

花たちがざわめき、ユナンを気遣うように揺れるけれど。今はその蜜の香りも気持ちを塞がせた。

「おい、ユナン！」

スハイルの声に追いつかれないように夢中で駆け出す。

スハイルにもあの男にも失礼なことをしてしまったかもしれない。しかし何故だか、あれ以上あの場にはいられなかった。

胸が苦しくて呼吸をするのも精一杯で、まるで心の中に雨が降っているかのようだ。

急いで、とにかく急いで花園から遠ざかる。

ユナンの部屋がある塔は広大な城の敷地の中でもひときわ高い。迷わずに帰るのは簡単だ。

だけど噴水のある大広場に出てきたところで硬い靴に覆われた足が傷んできて、ユナンは足を止めた。

ヒトの体は脆くて、思い通りに動かすのも大変だ。

二本の足で走るよりドラゴンの翼で飛んだほうが早いし、胸を塞ぐもやもやとした気持ちも、火でも吐いたらスッキリするかもしれない。

だけどここでドラゴンの姿になればスハイルを裏切ったと思われるかもしれない。

足も胸も痛くて、なにもかもが嫌になってくる。

噴水の飛沫を撫でた風が、遠くから吹いてきた。

きっとこの風は軽やかに城壁も飛び越えて、西の森へと吹いていくんだろう。ユナンだって、あと十数日もすれば森へ帰れるはずだ。

災厄は起こらなかった。スハイルの国は平和で、ドラゴンへの誤解も多少は解けて、ユナンは今までのように森で過ごせる。

もう、こんなヒトの姿でいる必要もなくなるだろう。

いいことばかりのはずなのに。

スハイルがユナンに見せたいと言っていたあの花園は、この時季にしか咲かないと言っていた。今、この季節に捕らわれていたから一緒に見ることはできたけれど、もう二度と一緒に見ることもないだろう。

こんなことならばもっと早く庭に降りようというスハイルの提案に肯いていれば良かった。

多少靴が馴染まないくらいで音を上げるべきじゃなかった。

何にしたって、スハイルがユナンと一緒に過ごしてくれる時間は今だけだ。

ユナンはもうじき森へ帰り、スハイルは結婚してしまうのだから。

「ユナン！」

西の森へ沈んでいく太陽を眺めてユナンがぼんやりと立ち尽くしていると、遠くから足音が駆けてきた。

振り返ると、急いで駆けてきたのだろうスハイルが、苦しげな顔をしてこちらへ向かってくる。

「スハイル、……どうして」

ユナンが部屋に戻ると言えば、訪ねてきているという使者に会うこともできるかと思った。

それでなくてもあの年老いた男がスハイルを離すとも思えなかったし、スハイルにはそれ以外にたくさんの仕事があるはずだ。

今日は庭を散歩するのに付き合ってもらったから、これきり明日まで会えないものかと思っていたのに。

「お前が勝手に行ってしまうからだ」

「すみません、あの……読みさしの本があること、を、思い出して」

正直に具合が悪くなってと言えば、スハイルが心配するだろうと思った。

ユナンがおとなしく部屋に帰るとわかればスハイルは仕事に戻るだろう。

実際にユナンの部屋にはスハイルに届けてもらってまだ読んでいない本が何冊かはあるし、まったくの嘘というわけではないのだけれど初めて隠しごとをしたようでスハイルの顔を仰ぐことができない。

「……あの、勝手に森へ帰ったりは、しません」

そうすることもできてしまうとは思ったけれど。

でもスハイルを裏切るようなことはできなかった。

スハイルの顔も見たくないと思ったわけでもないのに。きっとこの場でドラゴンの姿に戻ったとしてもユナンはおとなしく自分に与えられた部屋に戻って、明日スハイルが訪ねてくる時を楽しみに待っただろう。

「馬鹿だな、そんな心配はしていない」

走ったせいだろう、息を弾ませたスハイルが微かに笑うと顔を伏せたユナンの髪へ触れた。

長い髪に指をすきいれるように撫でられるとくすぐったくて頭の芯まで痺れるように感じて、いい気持ちになる。……いつもなら。

だけど今日ばかりは、まだ心の内側がしくしくと痛んだままだ。

「俺はもう少し、ユナンと花の話をしていたかった。部屋に戻るにしても、一緒に戻るつもりだった」

「っ、でもお仕事が」

「使者のことなら気にするな。お前と過ごす時間のほうが大事だ」

スハイルが笑ってそう言ってくれるなら、温かな気持ちになるはずなのに。

胸に刺さった棘が、まだ抜けていない。

ユナンは目に見えない傷を確かめるように、服を握りしめた。

「……それは、わたしがもうすぐ森へ帰ってしまうからですか？」

使者に会うのも、婚約の話を進めるのも、その後でも十分だと思っているのかもしれない。

たしかにユナンが森へ帰るのはもうすぐのことだ。だから限られた時間、客人に失礼のないように気を使ってくれているだけなんだろう。

「だとしたら、どうかわたしにお気遣いは――」

「ユナン」

思い切って顔を上げると、そこには夕焼けに照らされて燃えるような色を秘めたスハイルの瞳があった。

思わず息を呑む。

言葉が出なくなって、一度見上げてしまうと目を逸らすこともできなくなった。

「俺はお前を無理やりここへ連れてきてしまった。お前が森へ帰りたいと思ってるのも知ってる。この暦が終わればお前は帰ってしまう」

そんなことはスハイルに言われるまでもなく知っている。

今の暦が終わるまで災厄がないことを願うことしかできないユナンが、いつしか暦がいつまでも終わらなければいいのにと思いはじめていることを、スハイルは知らないだろう。

「……俺はお前を、森に帰したくない」

髪を撫で下ろしたスハイルの手が、ユナンの肩をそっと包み込むように抱いた。

独り言のような小さなつぶやきだった。

「でも、……スハイルは、ご婚約されるでしょう」

ユナンの世話を焼いてばかりいて使者に会わないようでは、それがこの国の災厄だとでも言われかねない。

それくらい、あの年老いた男は真剣だったようだから。

「！　あれは宰相が言っているだけだ。俺にその気はないと言っただろう」

あの男が、この国の宰相だったのか。

ユナンに向けられた厄介者を見るような目つきを思い返すと、きっとこの国のことを真剣に考えているんだろうということは伝わってきた。

いつもなら、スハイルの治めるこの国が大事にされているんだと思えるだけのことなのに。

今日はどんどん気持ちが沈んでいってしまう。太陽が落ちていくよりも速いスピードで。

「今は考えていなくても、いつかはいい相手を見つけるのでしょう。そんなめでたい時に、わたしのような不吉な存在がいてはご迷惑になります」

「ユナンが不吉だなんて俺は思っていない」

「スハイルは思っていなくても、お相手が思います」

「そんな相手ならば俺は願い下げだ」

スハイルは少し苛立っているようだった。

だけど、ユナンの肩を抱いている手は優しいままだ。なんだかそのちぐはぐさにさえユナンは嫌な気持ちになって、ぷいと顔を背けた。

「俺は、俺が好いた相手と一緒になりたいと思っている」

人間がいう好きという気持ちがどういうものなのか、ユナンは物語の中でしか知らない。

動物たちにだってあるものかもしれないけれど、人間はより単純だ。まして、同族に会う機会の少ないドラゴンにはますますわからない。

「……俺はあまり惚れっぽい性格ではない。帝国だけじゃない、これまでに何人もの姫を紹介されてきたけれど心を動かされたことがなかった。俺は美しいものを一緒に愛で、他愛のない話で笑い合える相手と生涯をともにしたい」

スハイルがどんな相手とつがうかなんてべつに、聞きたくもない。

なんだか無性に耳を塞ぎたくなってユナンは首を竦めた。でもきっとここで聞きたくないという素振りを見せたらスハイルを嫌な気持ちにさせそうで――スハイルに嫌われてしまいそうで、ユナンは背けた顔で少しだけ唇を尖らせるだけにとどめた。

スハイルが選ぶ相手ならばドラゴンを嫌わないかもしれない。

花のように美しい女かもしれない。

でも、ユナンがそのヒトと仲良くなれる気がしない。リドルやスカーとは普通に接することができ
たとしても。

「ユナン、こっちを向くんだ」

スハイルの掌が肩から離れて、ユナンの膨(ふく)れた頰に触れた。

本当はこんな顔を見られたくなかったけれど、そっと顔の向きを変えられてしまったのなら仕方がない。おそるおそるスハイルを仰ぐと、勝手に沈んだように思っていた太陽はまだ明るく、スハイルを眩いばかりに照らしていた。

「俺はお前を離したくない。お前と、生涯をともに過ごしたいと思っている」

森のほうへ吹いていた風が止んだ。

噴水の水音も聞こえなくなって、スハイルを仰いだユナンが瞬きをすると、その睫毛の振れる音さえも聞こえるくらい、静かだった。

「これは拘束じゃない。湖からお前を連れてきたように、無理強いするつもりもない。災厄が起こるなんて最初から思ってもいないし、それを証明する必要だって感じていない。ただ、お前に側にいてほしい」

ユナンを振り向かせるために添えられた手が、そっと優しく頰を撫でる。

不意にさっき白い花弁を撫でていたスハイルの指先を思い出した。

あの時スハイルが花を通してなにを伝えるつもりだったのか、急に気になってきた。

「——お前が好きだ、ユナン。お前は、どう思ってる？」

今の今までしくしくと痛んでいた胸の棘が、どこかに消えてしまった。傷痕さえもない。まるでスハイルの魔力でも注がれたようだ。

冷え切っていた体が温かくなってきて——それどころか頬に触れられた先から熱くなってきて、胸の鼓動がうるさいくらいだ。

「でも、……あの、わたしはドラゴンですし」

「ドラゴンでもいい。お前がドラゴンだから、俺たちは出会えたのだと思う。お前が何者であっても、俺はお前のことが好きだ。もっと一緒にいたい、もっとお前の笑う顔が見たい。お前に触れたい」

胸が苦しい。

呼吸もままならなくて、手足は震えるし、体は熱くて今にも干上がってしまいそうだ。

ここまで走ってきたせいで痛んでいる足は宙に浮いているような変な気分だし、頭が真っ白になって、スハイルから目を逸らさないとどうにかなってしまいそうなのに、瞬きさえもできない。

「ユナン、……お前は？」

スハイルも、同じなのだろうか。

どこか苦しげな表情を浮かべたスハイルが顔を寄せてきて、ユナンは唇を震わせた。

「む、……胸が、胸が苦しくて、死んでしまいそう、です」

言葉を紡ぐとなんだか泣き出しそうな気持ちにもなってきた。

人間とつがうなんて考えたこともないけれど、スハイルがそれを望んでくれるならもうどうなってもいい。

「死んでしまいそう？　……それは大変だ」

さっきまで苦しげにしていたスハイルがふと低い声で囁(ささや)くと、微かに笑った。

その唇が、視界に入り切らないほど近くに寄ってきて――ユナンに触れた。

スハイルの唇は、花の蜜のように甘い香りがした。

「これで、治ったか？」

間近に寄せられたままのスハイルの吐息がユナンの唇を焦がすように熱い。

こんなに熱くて苦しくて、甘いものをユナンは他に知らない。

「く、口が触れたら、……なんだかもっと、変な感じがします」

「嫌か？」

目の前で伏せられたスハイルの金色の睫毛が一瞬寂しそうに見えて、ユナンはあわててスハイルの服へ手をかけた。

スハイルが、離れていってしまわないように。

どうかもっと、自分の近くにいてくれるように。

「嫌じゃない、です」

ヒトの体が壊れてしまうのじゃないかと思うくらい鼓動がうるさいのに、もっとして欲しい。

スハイルともっと体を寄せて、他に何も見えなくなるくらい近くにいたい。

「ユナン、これは口吻けというんだ。お前を愛している、という証だ」

愛、と復唱したつもりが、小さな吐息にしかならなかった。

人間の好きだとか愛だとか、物語で読んでいたのとはだいぶ違うようだ。こんな気持ちを、言葉であらわすことはユナンにはできそうにない。

言葉の代わりにスハイルに回した腕を縋り付くように強くすると、間近に寄せられた唇がまた笑った。

「もう一度口吻けても？」

スハイルが眩しくて、もう目も開けていられない。

まぶたを閉じてスハイルに身を預けるとユナンは熱に浮かされたように小さく肯いた。

「……はい」

何度だって、口吻けて欲しい。


ユナンは城にやって来るまで、ベッドで眠ったことがない。

だけどヒトの形で眠るには硬い床の上で体を丸めて眠るより、弾力性があって温かいベッドで眠ったほうがいいんだとスハイルに教わった。

今はそのベッドの上で、スハイルと体を重ねている。

「……っふ、ぅ……っん、ぁ」

互いに服を脱ぎ去り、肌を直接合わせると、いつも温かいと感じていたスハイルが熱いくらいに感じる。

多分同じくらい、自分の体も熱くなっている。

じっとりと体が濡れてきているのは、スハイルもユナンも同じのようだ。

「ユナン、触れられたら嫌なところがあったら言っていい。俺はお前が嫌なことをしようとは思わないから」

窓からは月の灯りが差し込んでくるだけで、間近に寄せていないとスハイルの表情を見ることもできない。

あれから、何度も何度も口吻けをした。

部屋に戻ってくるまでの間も少しでも離れているのが嫌で、部屋に戻ってくるともっともっと近くにいたくなった。

自分でもどうしてしまったのかわからなくてスハイルに尋ねると、困ったように笑われてしまった。

「心を奪われた相手にそんなことを言われて、我慢できる男なんていない」

――はにかむような表情のスハイルにそう言われてベッドにもつれ込んだのが、もうだいぶ前のことのように感じる。

スハイルの唇はユナンの口から首筋、胸へと降りて、下肢もまるで蔦が絡まるように擦り寄せられている。

もうこれ以上近付くことはできないというくらい体を寄せているのに、それよりももっと触れ合っていたいと感じて、ユナンは夢中でスハイルの背中に腕を回した。

スハイルの側にいると心地良くて、安心する。そう思っていたはずなのに、好きだと言われてからはずっと胸がドキドキとして、落ち着かない。落ち着かないのに、離れられない。

「ぁっ、……あ、スハ、ィ……っ」

胸の飾りをちゅうと吸い上げられると体がひとりでに震えて、上ずった声が漏れてしまった。

「うん？　ここは、嫌？」

そう尋ねながらも舌先を色付いた胸に押し当てながら視線だけをこちらに向けてくるスハイルの表情は、今までに見たこともないものだ。

体の芯から震えが起こってきて、知らず息が弾んでしまう。でも、嫌じゃない。

「スハイルに、されて……嫌なこと、なんてない、です」

体のどこに口吻けられても、スハイルなら構わない。

ただ自分の体が自分のものではなくなってしまったみたいに反応してしまって、それに戸惑っているだけだ。

こんなこと、ドラゴンの体でだって経験したことがない。

「嫌じゃない――じゃなくて、ユナンがしてほしいことはない？」

「してほしい、こと……？」

水音をたてながらスハイルが顔を上げてしまうと、なんだか胸が切ない気持ちになる。

肌の間に隙間ができないように体を寄せていても、まだ、足りないと感じてしまう。

「あの、スハイル……」

体を這うようにのぼってきて頬に唇を寄せるスハイルにくすぐったさを覚えて、ユナンは首を竦めながら笑った。スハイルも、同じように笑う。

「これって、あの……交尾、ですか?」

「!」

お返しとばかりスハイルの首筋に額の角を擦り寄せたユナンがおそるおそる尋ねると、スハイルの体がまた少し熱くなったようだ。

暗い寝具の中でその表情を窺うと、スハイルの頬が少し色付いているように見えた。

「交尾、……うん、そうだな。人間は、伴侶と決めた相手としかこういうことをしない。愛している相手に口吻けたくなるように、こうして交わりたくなる。ドラゴンには、そういう気持ちはない?」

ユナンの胸を通ったスハイルの手がゆっくりと頬にのぼってきて、やわやわとつまむように撫でられた。

まるで自分の体に触れるように自然に、だけど壊れやすい大切なものを抱くように優しくスハイルの手に撫でられるのはすごく幸せな気持ちだ。温かくて胸がいっぱいになって、スハイルにぎゅっと抱きつきたくなる。

だけど、それ以上に――。

「ドラゴンがどうなのかは、わかりません。でも、わたしは……したい、です」

直接触れるスハイルの背中は逞しくて、大きくて、熱い。この肌に溺れてしまいたいと思うくらい。ユナンは熱に浮かされたようにぼうっとした気持ちですぐ近くにあるスハイルの顔を覗くと、キラキラと光る瞳を見つめた。

「スハイルと、交尾したい……」

覗き込んだスハイルの瞳が、少し揺れたように見えた。

腕を回した背中がじっとりと濡れて、寝具の中で絡ませた下肢がぐっと質量を増したのを感じた。

「ユナン……」

はぁ、とため息を吐いて項垂れたスハイルの髪が首筋にくすぐったい。

「？　い、いけませんでしたか？　スハイルは、私と交尾したくはない？」

「したくないはずがあるか」

慌てて顔を上げたスハイルの顔は真剣だ。

それがなんだかおかしくてユナンが笑いそうになると、不意に下肢を弄る手に気付いてまたひとりでに体が跳ねてしまった。

「っ……、」

足を開くように促されて、その中央にスハイルの指が這う。

ユナンは首を竦めて息をしゃくりあげると、スハイルの顔を見上げた。

「俺は、したくてしたくてたまらないと思ってるよ。だから、……そんなことを言われるとどうにかなってしまいそうだ」

熱い息を吐いたスハイルの眼差しは発情したオスのそれで、まるで心の中まで焦がされるようだ。と同時に体の中心を探るように足の付け根を弄られると短い声が漏れてきてしまう。腰から下が勝手に動いて、スハイルの手から逃れたいわけではないのに、まるで惑うようにシーツの上を滑る。

「ユナンは、交尾の仕方は知っているのか？」

上ずった声をあげるのがなんだか恥ずかしくて思わず顔を背けようとすると、無防備になった耳へスハイルの唇が擦り寄ってきて甘い声が注ぎ込まれた。

いつもより少し掠れたその声で舐(ねぶ)られただけで、背筋に震えが走って体の芯が溶けていく。

相手がスハイルじゃなければ、ただの声でしかないのに。スハイルの唇でスハイルの手で触れられるから、おかしくなってしまう。

「交尾、……えっと」

ヒトの交尾の仕方は知らない。

動物たちのものならわかるけれど、動物たちはこんな蕩(とろ)けそうになっていたようには思えない。もしかしたらこんなに熱くなっているユナンがおかしいのかもしれない。だけどスハイルが嫌そうじゃないならいい。こんなユナンを知っているのはスハイルだけだから。

「っあ、……！」

唇や頬に何度も何度も口吻けながらユナンの形を確かめるように探るスハイルの指先が背後の双丘に触れると、体が痙攣(けいれん)するように震えた。

ドラゴンならば、尻尾(しっぽ)が生えている場所だ。ヒトの形だとそこは無防備で、スハイルの長い指が谷間をなぞるように這うと背筋までゾクゾクとしたものがのぼってくる。

「ぁ、ッあ、あ……っス、ハ……っスハイル、っ」

優しい指先が窄まりの表面を掠めるたびにベッドを軋ませるほど体が震えてしまって、思わずスハイルの腕に縋り付く。

体が熱くて、たまらない。

「可愛いな、ユナン。交尾の仕方なんて知らなくてもいい。俺に触れられて、気持ちいいところだけ教えてくれ」

浅い呼吸を弾ませる唇をスハイルの腕に押し付けて鼻を鳴らしていることしかできないユナンの内側に、指先が忍び込んでくる。

交尾の仕方なんて知らない。

体も心も頭の中もこんなにめちゃくちゃになるなんて知らなかった。

ヒトはみんなこうなんだろうか。スハイルがユナンをこうさせてしまうだけなのかもしれない。スハイルは強くて優しくて、美しくて凜々しくて、ユナンが今まで見てきた人間の中で一番特別なヒトだから。

「――す……、そこ、……っそこ、きもちいい、です……っ」

唾液まみれにしてしまったスハイルの腕から顔を上げて、熱に浮かされたように伝える。

ユナンの入り口をちゅくちゅくと舐めるように動く指先が、ぴくりと一瞬止まった。

胸がドキドキしてしまって苦しいからあまり激しくしないで欲しいけれど、止まってしまったらじっとしていられなくなってユナンは自分から腰を揺らめかせてスハイルの腕に甘く歯を立てた。

「スハイル、もっと……っもっと、そこ……っ」

他の誰にも触れられることのない体の内側を擦り上げられるのは、スハイルを一番近くに感じる。

だからもっと、もっと一つになりたい。

「は、……っだから、そんな可愛いことを言うな、というのに」

「っ、あ、……あ、っ」

一度止まった指が奥まで深く差し入れられるとユナンは身をのけぞらせて、シーツの上でいやいやと首を振った。なにが嫌なわけではないのに、じっとしていられない。

「俺だって、我慢ができなくなる」

顔を伏せたスハイルの声が低く、まるでうなるようだ。

発情している。

スハイルの吐息一つ、声音一つ聞くだけで体が震えてしまってユナンは知らず下肢を収縮させてしまった。

「スハイル、……っスハイル……」

多分、考えていることは同じだ。

無意識に腰を浮かせたユナンが濡れた瞳で仰ぐと、スハイルも熱っぽい視線で肯いた。

深い部分を探っていた指がゆっくりと引き抜かれて、代わりにスハイルの熱いものが押し当てられる。

「……っつらかったら、言ってくれ。お前に無理をさせたいわけじゃない」

どこか苦しげなスハイルの言葉が、この先ずっと一緒にいるのだから今じゃなくてもいいと言っているように聞こえた。

だけど、きっと大丈夫だ。

だって互いの体はまるでずっと昔からこうなることが決まっていたかのようにぴたりと馴染んでいる。バラバラだったものがまた一つに戻るのに、無理が必要になるはずなんてない。離れているほうがずっとつらい。今まで気付かなかったのが、信じられないくらいだ。

「——ぁ、……あっ……あ、スハ、……っル、スハイル——……っ！」

熱い、大きなものが体を分け入ってくると、ユナンは目を瞠って、背筋を痙攣させた。

スハイルが息を詰め、ユナンの腰を摑んでゆっくりと進んでくる。

中でスハイル自身がビクビクと跳ねるたびにユナンは高い声を漏らした。

「ユナン、……っユナン、すまない」

体の中がスハイルで満たされてくる。

腰を押さえていた腕が肩へのぼり、そのまま頭を包み込まれるように抱かれるとスハイルの唇が降ってきた。首を反らしてその口吻けを求めながら、ユナンはスハイルの背中を強く抱き返した。

強く律動する腰に体がずり上がってしまわないようにしがみつきながら、体のどこも触れ合っていない場所がないような幸福感に朦朧としてくる。

「んぁ、あっ……っあ、っスハイル、ス、……っぁ、あっ」

スハイルのものは、ユナンの中でますます硬く隆起しているように感じる。あるいはユナンがきつく締め付けてしまっているのかもしれないけれど、スハイルの形がはっきりとわかるのじゃないかというくらい密着したものが激しく体内を擦り上げるとどうしようもなく体がうねって、自分がひどくはしたない生物になったような気分だ。

「スハイル、……っスハイル、も……きもちよく、なって……っ」

ユナンは初めて覚えた交尾の恍惚に夢中になってしまっているけれど、これでスハイルは満足してくれているのだろうか。

交尾なんて、優れた種を交換できたらいい。

花や動物ならそれだけのことだ。だけど、スハイルが他のヒトじゃなくユナンとこうしてくれているることが幸せで、何度もこうしたいと思って欲しい。だから。

「は、っ……馬鹿だな……充分、——充分すぎる、くらいだ」

鼻先を擦り寄せるほどの距離で、スハイルが双眸を細めて笑う。

その熱っぽい表情に気持ちがこみ上げてきて、ユナンは息を呑んだ。気持ちだけじゃない。体も。

「——……っもう、だめ、……っスハイル、わたし、なにか……っもう、」

スハイルの顔を見つめていたいのに、見ていられなくなる。体をぴたりと合わせていたいのにじっとしていられない。

繋がった部分が濡れた音をたてて擦れるたび、恍惚感とはべつにあふれ出しそうなものを堪えている。

「出そうか？　……大丈夫、俺も——」

たまらなくなって横臥しようとするユナンの体を抱きとめながら、スハイルが首筋で囁く。

深く埋められた熱いものはもうずっと、ユナンの奥を突き上げている。息をつく間もない。

「ゃ、……っだめ、スハ……っだめです、だめ……っ」

「大丈夫、怖がらなくていい。俺に身を任せて——」

逃げを打とうとするユナンの肩を押さえて、スハイルがきつく抱きしめる。

その腕は胸が苦しくなるくらいに愛おしいし、深々と繋がった下肢が互いにもう限界だということも、切ないくらいにわかっている。

だからこそ。

「違、っ……だめ、こども、……っこどもが、できてしまいますっ」

押し寄せてくる快感と、それをこらえなければならない葛藤で身を硬直させたユナンが震える声を絞り出すと、スハイルが目を丸くしたのがわかった。とても、その顔をすぐには仰げなかったけれど。

「交尾、したらこどもが……あ、あの、ドラゴンは、オスでも卵が産めてしまう……ので、……あの、スハイルがわたしに射精したら——……こ、こどもが」

こんな大事なことを言わずに、スハイルと一つになりたいという欲だけで交尾に耽った自分が恥ずかしい。

スハイルに触れられるのが気持ち良くて、一つになれるのが幸せで、つい言いそびれてしまった。

交尾は本来、種を残すためにすることだっていうのはよくわかっていたことなのに。

「……なんだ、そんなことか」

瞬きするたびにぽろぽろと雫を落としたユナンの頬を撫でたスハイルが、安堵したように笑う。

どうにも、ユナンはスハイルの手に促されると逆らうことができないようだ。濡れた頬を撫でられるとスハイルを見上げることしかできなくなるし、両の目からあふれた雫を唇で吸い上げられるともっと擦り寄りたくなってしまう。

「お前を伴侶にしてずっと一緒にいられるだけでも俺は良かったのに……子まで成せるなら、こんなに嬉しいことはないだろう」

頬を滑ったスハイルの唇が鼻先に触れ、しゃくりあげるユナンの息を吸い上げ、まぶたに落ちる。

「それともお前は、俺との子供を産むことは嫌か？」

「っ、！　嫌じゃないです、っ……嫌じゃない、ですけど……」

スハイルだって、ユナンがそんなことを嫌がるなんて思ってもいないはずだ。

少しも不安げな表情を見せなくて、ずっと紅潮した頬を微笑ませている。

「じゃあ、いいだろう？　俺の子を産んでくれ。ユナン」

耳朶を舐るような声で囁かれながらぐいと下肢を突き上げられると、背筋が反って、リネンの中に蜜があふれてしまう。

ユナンが逃げ出さないようにきつく体を抱きしめたままスハイルが腰を揺らめかせると、あられもない快感に押し流されそうになる。

スハイルとの子供が欲しくないわけじゃない。

この国の王として、スハイルが他の人間と世継ぎを作らなければいけないかもしれないなんて考えるほうがよっぽど嫌だ。だけど——。

「ん、ぁっ、待……っスハイル、っだめ、ゃあ、っだめ……っ」

スハイルの息が荒々しく、欲情したオスのそれになっている。そう感じるだけでユナンの体はますます敏感になって、スハイルの精を求めてしまうけれど。

「なにも問題はないだろう、お前も、子供も幸せにすると誓う。だから、……ユナン」

懇願するようなスハイルの声。

耳の後ろに鼻先を擦り寄せられながら体の芯を何度も突き上げられるとユナンだって切なくてたまらない。

「だって、……卵を、産むまでヒトの形ではいられない、から……」

震える声で告げると、スハイルが顔を上げた。

ヒトの体でいることにいくら慣れてきたとはいえ、卵を宿すのは元の姿じゃないとできない。あるいは一度西の森へ帰ればいいのかもしれないけれど、……もう、スハイルの側から離れることなんて想像できない。一度こんなに強く繋がってしまったら。

「では、ユナンと俺の子供のために部屋を用意させよう。ユナンがドラゴンの姿に戻っても大丈夫なほど、広い部屋を」

「っ！　で、でも……わたしがドラゴンの姿になったら、」

濡れた額にはりついた髪を撫でて払いながら、スハイルが小さく首を傾げた。

その澄んだ瞳は真っ直ぐユナンを見つめている。

「嫌いに、なりませんか……？　ヒトじゃない、わたしの姿を見たら……」

いくらドラゴンは不吉じゃないと思ってくれていたとしても、ヒトの姿とは違う。体の表面は硬い鱗で覆われているし角も、牙だってある。尻尾は太くて長いし、長い爪のついた肢ではスハイルと手も繋げない。

考えれば考えるほど自分がスハイルとずっと一緒にいることなんてやはり無理なんだと思えてきて、気持ちが塞ぐ。

こうして一度でも愛していると言ってもらえただけで幸せなのかもしれない、とさえ思えてくる。

「嫌いになれる理由があるなら教えてくれ」

思わず、といったように笑ったスハイルの体の振動が、重ねた肌から伝わってくる。

「俺は西の森で初めてお前の――ドラゴンの姿を見た時から、美しいと思ってたよ」

「！」

心が跳ねて、スハイルのはにかむような笑顔を見つめてしまう。

今はヒトの形をしているユナンの手をそっと握ったスハイルは、自分の胸にそれをあてがった。まるで、誓いを立てるかのように。

「またあの美しい姿のお前に会えるなら、嬉しいよ。もっとも――人間の姿をしてくれないと、こうして愛し合うことは難しいかもしれないけどな」

「っ、スハイル……！」

胸がいっぱいになって、夢中でスハイルにしがみつく。

森から出て生活することなんて考えてもいなかった。人間と生活するなんて大丈夫なのかという不安もあったけれど、全部吹き飛んでいってしまった。

生まれ育った湖よりも、スハイルのこの温かな腕の中にいたい。

ずっと、スハイルの瞳に映っていたい。

「俺の子を産んでくれるか、ユナン」

ぎゅっと抱きついた腕の強さで、答えなんてわかっているはずだ。

だけど、どうしても言葉で伝えたくてユナンは息をしゃくりあげるとスハイルの優しい顔を仰いだ。

「産む、……産みたいです。スハイル、わたしの中に……っ、中に、出してください」

さっきまであんなに緊張していた体が、今はスハイルの精を欲しがってたまらなくなっている。

交尾も初めてなら、オスの精を受けて卵を宿すのだって初めてだ。だけど、スハイルと一緒ならなにも怖くない。むしろ早く、たくさんしてほしいくらい。

ユナンの体の変化に、スハイルも気付いただろう。

ぞくりと背筋をわななかせたスハイルは弛緩(しかん)した唇からふと息を吐くように笑うと、熱に浮かされたようなユナンの額の角に口吻けた。

「了解。……俺の可愛い可愛いお妃様」

ユナンの未熟な角にスハイルの舌先が這うと、ぶるぶるっと体が震えてしまう。

それを察したスハイルが先端を舐りながら腰を律動しはじめるとさっきまでとはまた違う快感がこ

み上げてきてユナンは身悶えた。

「――っぁ、あっ……！　スハイル、……っスハイル、ぅ……っんぁ、や、っひぅ……っ！」

体が、精を受けるために産卵するためにメスになりたがっているのを感じる。

繋がった場所からも粘り気を帯びた水音が大きくなってきて、スハイルが動くたびに頭の芯まで甘く痺れる。

「……っユナン、愛してるよ。俺の可愛い、ユナン……」

角から耳朶、首筋へと乱暴な口吻けを落としながらスハイルの打ち付ける腰が激しさを増していく。

もうベッドの寝具は半分床に落ちて、ユナンの体からは飛沫が散るくらい蜜があふれている。

頭は真っ白になって、もうスハイルのことしか考えられない。

スハイルの声、スハイルの息遣い。スハイルの体温と、肌に食い込む腕の強さ。スハイルのものになるという恍惚で自分で自分が抑えられなくなって、ユナンは甘く啜り泣いた。

「んぁ、あ――……っもう、っもうだめ、ぇっ……スハイル、っもう、……もう、ぁ、あっすごい……っ、おか、おかしくなりそうです、っもうだめ、ぇえ……っ！」

スハイルの剛直がユナンの中を掻き乱すたび、甲高い声が漏れて堪えきれない。

激しく抽挿されるスハイルのものもういっぱいになっていて、精を噴き付ける場所を探すかのようにユナンの奥を暴いてくる。

「あぁ、……っ俺も、もう限界だ。ユナン、もう出すぞ、……っ！」

歯を食いしばった奥から絞り出されたスハイルのオスの声に、肌が粟立ち、四肢が痙攣する。

低い呻き声の直後にどっと熱いものを浴びせかけられると、ユナンは息を詰め、スハイルの背中に爪を立てながら――自身も絶頂して、気を失った。


翌日、スハイルに招かれてユナンは初めて玉座の間に足を踏み入れた。

それまで、何度スハイルに誘われてもとても城の居館（パラス）に足を踏み入れる気にはならなかった。

そこには花園で会った宰相のような、ドラゴンに対して嫌悪感のある人間がたくさんいると思っていたし、彼らをいたずらに不快にさせたいとは思っていなかったから。

だけど、伴侶を紹介するためだといわれたら同席するしかない。

それでなくてもこの先、ドラゴンの姿で卵を産むまでの間過ごさなくてはいけないのだし――その間片時も離れたくないと思うのはユナンとスハイルの我侭（わがまま）かも知れないけれど。

昨晩はスハイルに夢中で、どうしてもこの人と離れたくなくてだいそれたことをたくさん決めてしまったものの……朝になると、本当に良かったんだろうかと不安でたまらなくなる。

スハイルは、昨晩の夜更かしなど微塵も感じさせないほど凜々しい姿で玉座についている。

ユナンはその傍らで大勢の人間を前に、終始うつむいているしかなかった。

「――……は？　ドラゴン、を……后に？」

白を基調として、さり気なく金色の装飾が施された壁や柱。そしてその中央に敷かれた真紅の絨毯を囲むように、国の重鎮たちが並んでいる。

その中でスハイルの発言に反応したのはスカーが最初だった。

それ以外の——特に年配の男たちはまるで時が止まってしまったかのようにあっけにとられ、中には今にも卒倒しそうな顔もある。

見たところ、宰相の姿はなかった。

もしかしたら昨日の内に事情を察して既に寝込んでしまっている可能性もある。

スカーはこの広間の中でも若いほうで、思わず声が出てしまったのだろう。

「ああ。ユナンはもう俺の子を宿している。急ぎ、俺の后がドラゴンの姿でも休めるよう寝室を作らせてくれ」

「ドラゴンの姿などと……！　陛下！」

呆然としていた侍従たちが一斉に騒ぎ出した。

思わず緊張したユナンに、スハイルが玉座から手を握った。

「身重の后を前に騒ぎ立てるな」

優しい手とは裏腹に、まるで場内に鞭を打つような厳しい声だった。

ぎくりと背筋を凍らせたのは今度は侍従たちのほうで、ユナンはますます顔を上げづらくなってしまった。

「……お前たちがトルメリア王国の行く末を気にかけて俺の后を選定してくれていたことは知っている。感謝もしている。しかし、どんな姫に会っても俺の心が動かされることはなかった」

打って変わって静かになったスハイルの声には、深い、従者に対する慈愛があった。ただそれだけで、スハイルがいかに彼らに愛されていて、またスハイルも彼らを大事にしているかが窺えるほど。

ユナンは今まで、こんな人間に会ったことはなかった。きっと、どこにでもいるような人ではないだろう。

苦い表情をしていた従者たちも困惑の色を浮かべて玉座を仰いでいる。

「ユナンに出会うまで、俺は特別な誰かを愛することなどできないのかと思っていた」

陛下、と誰かがつぶやいた。

自分たちが愛した王が人知れず一人の男として苦悩を秘めていたことを知らされて、彼らも心を痛めているのかもしれない。

「ユナンがドラゴンかどうかは問題じゃない。俺がユナンを選んだということを尊重してほしい。俺の我侭かもしれないが……俺はお前たちに、そして国民にも、祝福してもらいたいと思っている」

返す言葉もなく、侍従たちは思い思いに顔を見合わせた。視線を伏せるものもいれば、スハイルの気持ちに応(こた)えるように再び玉座を見上げる者もいる。

突然こんなことを言って、全員に理解してもらえるなんてきっと無理だ。

素性の知れない人間を連れてきて結婚したいというだけでも難しいだろうに、ユナンは悪感情しか持たれていないドラゴンなのだから。

それでもスハイルがそれを変えてくれる、そんな力強さがあった。

現に数人の従者たちはさっきまでと違って、真っ直ぐユナンを見てくれている。ただそれだけのことが嬉しかった。

「でもそのドラゴン、——ユナン様は、オス、……なのでは？」

「！」

おそるおそるというように声を上げたスカーを、侍従たちが一斉に振り返る。

スハイルの言葉に静まり返っていた広間にざわめきが生まれる。

ユナンは顔が熱くなるのを感じながら、反射的に身を乗り出した。

「あ、……っあの、それは——」

ドラゴンはオスでも、卵を産むことができる。

この場でそう言えば、昨晩スハイルと溺れるような交尾をしたということを告白するような気がして、恥ずかしかったけれど。

しかしユナンがそうと言う前に、玉座のすぐ下に控えていたリドルが鼻の上の眼鏡を押さえて口を開いた。

「いいんじゃないですか、既にもう子を宿しておいでなのですから」

「リドル」

ユナンが目を丸くするのと、スハイルが驚きの声をあげたのは同時だった。

まさかリドルが助けてくれるとは思っていなかったし、意外に感じたのはスハイルも同じだったようだ。

二人の視線を受けてなお、リドルは相変わらず眉一つ動かさなかったけれど。

「これで世継ぎの心配もないわけですから、トルメリアも安泰です」

再び唖然（あぜん）とした従者たちをよそに、この話は終わりだとばかりにリドルは涼やかに言い放った。

「……ドラゴンの子が災厄を招かなければ、の話ですが」

ただ一言、聴覚の鋭いユナンにだけ聞こえるような小さなつぶやきを残して。


「どうだ、ユナン。不便はないか？」

「スハイル」

二日後、ユナンは居館の一室にいた。

産卵のためのユナンの部屋ができあがるには、まだ少し時間がかかるということで——それまで、スハイルの居室で過ごすことになった。

ユナンは塔の上の今まで過ごしていた部屋で構わないと言ったのだけれど、さすがに王妃ともなればそうはいかないらしい。

幸いスハイルの部屋の窓にも鳥たちは訪ねてきてくれるし、庭にも降りやすい。

世話係もスカーから王妃付きの女中に変わって、不便はないけれどなんだか慣れない。

とはいえ職務に出ている以外の時間、スハイルとこうして会いやすくなったことは嬉しい限りだ。

以前までもスハイルは時間を見つけてはユナンの部屋に入り浸ってくれていたようだけれど、塔を上がるにはそれなりの距離の階段がある。

スハイルはそれも鍛錬だと言うものの、職務で疲れていたら階段をのぼるのがつらい時もあっただろう。

それに、王をドラゴンに近付けたくない宰相たちはスハイルが階段に向かう途中に何度も声掛けをして阻止していたらしいから、以前よりも逢瀬の時間は増えた。

なにより、一緒に寝起きできるのは幸せだ。

「さっきお仕事に行かれてからまだそんなに時間が経ってません。こんな短い時間で不便なんて、探すほうが大変です」

寝ても覚めてもこんな調子のスハイルがおかしくて、ユナンはこの二日間笑ってばかりいる気がする。

森での生活はたしかに穏やかで、今でも戻りたくないといえば嘘になる。だけどこんなふうに笑うことはあまりなかった。

いつかは自分が無事でいることを森のみんなに伝えに行きたいし、なによりもスハイルを紹介したいと思っている。西の森もトルメリア王国も、みんながひと繋がりになれたらいい。

「食事はしっかり食べたか？　なにしろ、二人分食べないといけないからな」

窓辺で本を開いていたユナンの隣に腰を下ろしたスハイルが、真剣な顔で覗き込んでくる。

食事を用意してくれる侍従たちの間でもドラゴンを敬遠する者はいるはずなのに、それでもユナンが子を宿しているというだけで女中たちはあれやこれやと栄養面に気を使ってくれているようだ。

スハイルとテーブルを囲む朝食は当然のこと、昼食も充分な食事を用意してもらって、申し訳ないくらいだ。

「そうですね。もうすぐ、食べられなくなるでしょうし……」

「そうなのか？」

無意識にお腹を撫でてつぶやいたユナンに、スハイルが眉根を寄せて身を乗り出してくる。

「ああ、……ええと、多分。お腹が卵で圧迫されるでしょうし……」

ドラゴンが卵を産み落とすまで、およそ三十日。

ほとんどは産卵後に成長するとはいえ、お腹の中である程度は卵が育つのを待つ期間がある。ヒトの形ではその大きさに耐えられないから、ドラゴンの姿に戻る必要があるのはそのためだ。

「そうか……そうだったな。早く元の姿に戻れたらいいんだが……急ぎ、建設は進めている。もうしばらくだけ待てるか？　もし苦しいようだったら広場に簡易的な屋根だけでも用意して――」

「ふふ、大丈夫です。……ありがとうございます、スハイル」

ドラゴンの姿を覆えるだけの寝所を用意するのに、どれだけの人間が奔走してくれているのか知っている。

いざとなれば森でだって産卵できるのだし、白眉ともいえる外観を誇るトルメリア城の正面広場にユナンのための屋根など作れるはずがない。

ただ、スハイルがそこまで心配してくれていることは素直に嬉しい。

「いや、お前に無理をさせるわけにはいかないからな。なにしろ、ドラゴンがこんなに早く産卵すると知らなかったとはいえ――……順を追わずにことに及んだ俺の責任なんだから」

「！」

　それを言われると、ユナンも気恥ずかしくて口を噤(つぐ)んでしまうしかない。

　気持ちに流されるがまま交尾をしてしまうなんて、智力が高いと言われるドラゴンとしてはひどくはしたない行いだったかもしれない。

　だけどあの晩のことを思い返すと今でも脳の芯が蕩けたように熱くなって、幸福で胸がいっぱいになってしまう。

「で、――……でも、大丈夫なんでしょうか、本当にわたしなんかを后にして……」

　国民への発表は日を改めて、然(しか)るべき時にということになっているようだけれど、この国の人間たちがどんな反応をするのか、スハイルの信用に傷がつかないのか、そればかりはいくら心配しても足りないくらいだ。

　スハイルと一緒にいたいのは確かだけれど、だからといって彼の迷惑になりたいわけじゃない。

「お前以外愛することなどない。ユナンが后にならないというなら、俺は一生結婚などできないだろうな。……それでもいいのか？」

「……！　ず、ずるいです……」

　大切なヒトにそんなことを言われて、無視ができる者などいない。

　ユナンにとってスハイルがただ一人の相手のように、スハイルにとってもそうなのだと思うと、不安は消えないまでも二人で乗り越えていく勇気が持てる。今はそれだけで充分だ。

照れくさいながらも唇を尖らせてみせたユナンに笑いながら、スハイルがそっと手を伸ばしてきた。服の上から腹部に触れると、膨らみを確かめるように優しく掌を這わせる。

「すこしだけ、大きくなってきたかもしれません。……太っているわけではないですよ？」

スハイルの子を宿した体に触れられるのはくすぐったくて、少し恥ずかしい。

たくさん食べなければとユナンに言うのはスハイル一人ではないから、たしかにこのところ食べ過ぎかもしれない。だけどそれはお腹の中の卵を構成する栄養素をとるためで、肉付きが良くなっているわけではない、……はずだ。多分。

「はは、わかってるよ」

相好を崩したスハイルが、ユナンのお腹に屈んだ状態から顔を上げて笑う。窓辺からの光を浴びたその笑顔がキラキラと光って、眩しいくらいだ。思わず目を細めたユナンにどうかしたのかとばかりに顔を寄せてきたスハイルが、そっと声を潜めた。

「……無事に子が生まれたら、また交尾をしような」

「!!」

甘やかな囁きに、どっと心臓が跳ねる。

ユナンは思わず目の前のスハイルの胸を押しやると、熱くなった顔を慌てて伏せた。

「そ、そういうことは……い、今おっしゃらないでください……！」

もちろん嫌なはずはないのだけれど。だからこそ、困ってしまう。

スハイルもそれがわかっていてわざと言ったようで、大きく口を開けては快活に笑った。

＊　＊　＊

ドラゴンの姿をしたユナンも美しい――と、スハイルは言った。

だけどそれはスハイルがユナンのことを好意的に思っているからそう見えるだけで、その他の人間には忌々しいものに見えるんじゃないか。

ユナンはたくさんの人夫のおかげで作られた真新しい寝所の中で、大きく息を吐いた。

国では、国王陛下が嫁を娶ったただとかドラゴンを捕獲したとかいう噂が蔓延しているらしい。どちらも本当だ。

あれだけの人夫を雇ったのだからそんな噂が流れるのも当然のことだろう。この寝所は人間の居住には大きすぎて、どちらかというと巨大な温室だ。温室をものの一週間で作れと無茶な命令を下すなんて、スハイルの気が違ったと思われなかっただけマシだ。

ユナンは花の香りがする温かな寝所で久しぶりにドラゴンの姿に戻って、文字通り羽を伸ばしていた。

このところ二本の足で歩き、両腕であれこれと作業をしたりすることに慣れはじめていたから、ドラゴンの姿になることにも最初違和感があったくらいだ。

だけどもういい加減ヒトの形ではお腹の卵を育てきれなかったから、だいぶ体も楽になった。

ドラゴンの姿のユナンの世話を焼かされる侍従たちは少し気の毒だけれど。

『……国に、変わりはありませんか』

べつに放(ほう)っておいてくれていてもいいのだけれどスハイルに命じられて食事を運んでくるスカーに尋ねると、ぎくりと背筋に緊張が走るのが、目に見えてわかった。

そもそもスカーはユナンとスハイルの関係に反対なのだ。

それなのに、他の侍従たちがドラゴンに怯えるせいでまた食事を運んでくれるようになった。お腹が目に見えて大きくなってきた今となっては食事を摂(と)る気もあまりしないし、日がな一日日光浴をしている以外することもないのだから気にしなくていいと言っているのに。

「かわ、……変わり？　ですか？」

他に人目もないからだろう。スカーはあからさまに怯えた様子でユナンを振り返った。

西の森で見たスカーは、ひどく勇ましくて——むしろユナンのほうが恐ろしく感じていたのだけれど。今はユナンを傷つけるわけにもいかないから、スカーも複雑なのだろう。

ユナンだって、スハイルの騎士であるスカーをどうこうしようなどとは思わないのだけれど。こうなってしまったらもう恨みもないのだし。

だけどスカーからしてみたらユアンはスカーを恨んでいると思っているのかもしれない。ここぞとばかり仕返しをしようと思うようなドラゴンに見えるのだろうか。

その誤解を解きたい気持ちもあって思い切って話しかけてみたけれど、スカーは露骨にうろたえている。悪いことをしてしまったかもしれない。

『ええと……わたしがいることで、災厄が……とか。なにもなければ、よいのですが』

できるだけスカーを怖がらせないようにじっとしたまま視線だけを動かすと、はぁ、と気の抜けたような返事が戻ってきた。

「災厄ですか。……災厄って、なんなんですかね」

『それは、わたしも知りたいです』

ため息混じりにユナンが答えると、スカーが目を丸くした。

燃えるような赤い髪をしたこの騎士団長は目の色も紅玉のように赤くて、筋肉質な大男のなりをしているわりには感情が顔に出やすいところがある。

だからこそドラゴンを毛嫌いしていることもわかりやすいけれど、なにを考えているのかわからないよりはずっといい。

「まあ、……そりゃそうか」

目を何度か瞬かせた後、納得したように肯いたスカーはポツリと漏らすとユナンを避けて寝所の壁際に貼(は)りつかせていた体を起こした。

「俺たちは生まれた時から、ドラゴンや怪物の類(たぐい)には近付くなって教えられてんです。実際、怪物のせいで亡くなってる国民もいる。基本的には棲み分けして見ないフリしてますけど――西の森の狩場が減って、猟師はどうしても湖の側に行く必要があった」

食事を用意し終えたスカーがこうして長話をしてくれるのは初めてのことだ。

警戒しているのか、あるいはただ肌身離さず持つことが彼の正装なのかわからないけれど、腰に下げられた剣が鈍い光を放っている。

ユナンはできるだけ息を潜めて、スカーの言葉に耳を傾けた。

「……けどそれも、俺たちの居住区を拡げるために森を切り拓いたから、湖にまで行かなきゃならなくなったってだけだ。アンタ、……ユナン様にしてみたら、いい迷惑ですよね」

森の深くまで人間が入り込んできているというのを、ユナンは知っていた。

いつかは対話しなければならないと思っていたのに人間を怖がって後回しにし続けていたのはユナンの問題だ。

おそるおそるユナンが長い首を揺らすと、スカーが短く声を漏らして少しだけ飛び上がった。怖がらせてしまった。慌てて身を縮めると、胸を押さえたスカーが苦笑する。

「怪物のせいで死んだ人ってのも、災厄とかじゃない。盗み食いしてるゴブリンに返り討ちにあったとか精霊に惑わされて気が違ったとか、そういうのばっかり。怪物が悪くないとは思わないけど、そんなこと言ったら――人間が人間を殺すことのほうが多い」

ぐっと声を低くしたスカーの暗い影に呼応するように、腰の剣がきらめく。

彼もトルメリアの騎士として人間を斬ったことがあるのだろう。ユナンは体の鱗を震わせて、前肢をぎゅっと握った。

それを察したのか察していないのか、打って変わってぱっと明るい顔を上げたスカーが肩で大きく息を吐く。

「俺らが怪物を怖がってんのは、やっぱ力の強さとか体の大きさとか、あと一番怖いのは魔力ですかね。そういうのから逃げるために、関わったら災厄があるぞって爺ちゃん婆ちゃんたちから災厄のことを教えられてきてるからかもしれません」

『わ、わたしは……あなた方に危害をくわえたり、しません』

「そりゃわかってますよ。湖でも応戦するどころか、逃げようと必死だったし」

『！　っ、あれは突然のことで驚いていたというか……！』

ムッとしてユナンが首を伸ばすと、スカーが思わずと言ったように吹き出した。

正直、驚いた。

反射的に動いてしまったけれど、今までもドラゴンに怯えていたふうのスカーを怖がらせてしまうかもしれないとすぐに後悔したから。

だけどスカーは大きな口を開けて笑っている。釣り上がった眦に眉が下がって、なんだか懐っこい笑顔だった。

「人間は魔力なんて持ってないんで、とにかくその得体のしれない――目に見えない力が怖いんですよ。けど、ユナン様はそれを使わなかったから。……だから今は、災厄なんてねえのかな、って思ってます。俺は」

笑いを堪えて口を塞いだスカーにさっきまでと違って親しみのある表情を向けられると、ユナンは思わず喉を鳴らした。

『――……魔力は、ありますけど』

「えっ、やっぱあるんですか!?」

やっぱり怖いとばかりに壁に身をぴたりと寄せるスカーに、さっきまでの緊張感はもうない。

ユナンも苦笑を漏らしながら長い首を地面に伏せた。

魔力だけじゃない。ドラゴンは大きな角も鉤爪(かぎづめ)もあるし、大きな口を開けば人間一人飲みこむくらいわけないし牙(きば)だって鋭い。

それでもこの姿を見てスカーがこうして笑ってくれると、ほっとする。

「おい、スカー。……そこでなにをしてる」

蝶々(ちょうちょ)の舞うユナンの寝所にのんびりとした空気が流れたのも束の間(つかのま)、入り口から低い声が聞こえてきた。

再びスカーが飛び上がって背筋を正すと、振り返った先には肩章のついた礼服姿のスハイルがいた。

「陛下」

「そこでなにをしてる、と訊(き)いている。答えろ」

マントを翻し、腰につけたサーベルに手をかけて歩み寄ってくるスハイルの姿は鬼気迫るものがある。

『スハイル？　どうかしましたか』

「陛下、今ユナン様にお食事を――」

スハイルに気圧されるように後退ったスカーが、背を向けたユナンに近付いてくる。

今までヒトの形をしていてもあまり近寄られたことはないのに。気を許されたということなのか、今はユナンの存在を気にも止めていないのかもしれない。スハイルの尋常ではない様子に竦み上がっているのを感じる。

「食事を用意したら職務に戻れ」

こんなにピリピリとした様子のスハイルは初めて見る。

スカーは騎士団長だし、もしかしたら国防や国内の問題などで難しい時期だったのかもしれない。

ユナンが引き止めてしまった。スカーが咎められる筋合いはないのだと、言おうとした時。

「俺の后に近付くんじゃない」

国王のただならぬ様子に頭を垂れたスカーに、スハイルがうなるように言った。

「は、」

思わずスカーも驚いて顔を上げる。

ユナンも、スカーを庇おうとして開いた口を閉じるのを忘れてしまった。

「――……スハイル国王陛下、……それは、ええと……やきもち……ですか？」

スカーが震える声で──これはきっとスハイルの怒気を怖れているのじゃなく、単純に笑いを堪えているんだろう──尋ねると、ユナンのほうが恥ずかしくなった。

ヒトの形じゃないと熱くなった顔を掌で覆い隠せないのが不便だ。こんなこと、今まで知らなかった。

「うるさい。さっさと持ち場へ戻れ」

渋面を浮かべたスハイルは照れた様子もなく、堂々とスカーを顎で促す。

とうとう肩を震わせて笑いだしたスカーは背後に回したユナンを振り返ると、わざとらしく大袈裟に礼をした。

「それでは王妃様、御前を失礼いたします」

騎士然とした恭しい礼も、にやにやと笑われていたら恥ずかしくてとても見れたものじゃない。

『スハイル、スカーを引き止めたのはわたしです。ドラゴンへの誤解を解きたくて……。だからあの、彼とはなにも』

「あたりまえだ。なにかあってたまるか」

そそくさと逃げるように寝所を去って行ったスカーの後ろ姿を見送るスハイルの顔はまるでふてくされた子供のようだ。

その横顔を、物珍しいようなくすぐったいような気持ちで眺めながらユナンは擡げていた首を伏せた。

『この国の人間にとってドラゴンは不吉な存在なのでしょう？　やきもちを焼くなんて、変なヒトですね』

ちょっと笑うだけでもヒトの形の時とは違って周りの草木が揺れる。

こんな大きな体の怪物に懸想する人間なんて、なかなかいるものじゃない。スハイルだってユナンがずっとこの姿だったら心を通わせてくれることはあっても伴侶にしたいと思ってくれたかどうか。

そう思うと少しさみしい気もするけれど、当然のことだ。

「お前はどんな姿をしていても美しいと言っただろう？」

わかっていないのはユナンのほうだと言わんばかりに大きなため息を吐(つ)いたスハイルが、側に寄ってきて鱗に覆われたユナンの鼻先に口吻ける。

この姿のユナンになんのためらいもなく触れてくるのなんて、スハイルくらいのものだ。

スカーとの距離が多少縮まったとはいえ、ユナンの不注意で大きな体をぶつけてしまったら怪我をさせてしまいかねない。だけどスハイルはまるでヒトの姿をしている時と同じくらいの気安さで擦り寄ってくる。

この鱗は、一度はスハイルを傷つけたこともあるというのに。

「体の具合はどうだ？　このところ食事も進まないようだが……少しは食べておかないと、体力がもたないだろう」

鱗をそっと撫でたスハイルの瞳が近い。自分が今ヒトの姿なのかドラゴンの姿なのかわからなくなるくらい。

胸がいっぱいになって、卵を宿して大きく膨らんだお腹が張り詰めるようだ。

ユナンはスハイルを振り払ってしまわないようにゆるりと鼻先を揺らして、視線を伏せた。

『すみません、今は……せっかく、スカーが持ってきてくださったのですが』

スハイルの顔を見たら、なんだか余計に苦しくなってきた気がする。

体内が蠕動(ぜんどう)をはじめて、血の気が引いていくようだ。

「おい、ユナン？　……大丈夫か？　もしかして」

前肢の爪を地面に突き立て、荒い息をゆっくりと吐き出す。

スハイルが心配しないようになにか答えたいのに、牙の奥から呻き声が漏れてきそうになる。

大きくなったお腹が蠢き、卵が下りてきているのを感じた。

「ユナン、……おい、誰か！」

『スハイル、大丈夫、です……っ』

出入り口に駆けていこうとするスハイルを引き止めて、首を振る。

背中の大きな羽を震わせて自分の体にぴたりと這わせると、ユナンは体を丸めた。長い尻尾を巻き付け、卵を産み落としても大丈夫なように備える。

産卵なんて、ユナンだって初めてだ。だけど、体はそれを知っている。森の中ではどんな動物たちも、本能で子供を産むのだから。

『一人で、……っ産め、ますから――……』

体中がざわざわと騒いで、息が苦しい。

きつくまぶたを瞑って来る感覚に意識を集中させようとしていると――ふと、前肢に温かなものが触れた。

「一人ではない」

濡れた目を開くとそこには微笑みを浮かべたスハイルの姿があった。ユナンのざらついた前肢を、ぎゅっと握りしめてくれている。

「俺がいる」

スハイルの真っ直ぐな瞳がいつでもユナンを支えてくれる。

それだけで、充分だ。

＊　　＊　　＊

ぼうっと炎の立ち上がる音がして、ユナンは椅子から腰を浮かせた。

「こら、メロ！」

鳥たちの飛び立つ音に続いて草の焦げる青臭いような匂いが漂ってくると、手入れの行き届いた花壇の向こうから金色の髪をしたメロが顔を覗かせた。

「ブレスを吐いたらダメだって、いったでしょう」

思わず立ち上がりかけた椅子に座り直してぎゅっと険しい表情を作ってみせると、メロは小さい体を丸くして自分の唇を手で塞いだ。その手も鱗で覆われていて、鉤爪が伸びている。

「メロ……」

大きくため息を吐いて、ユナンは背凭れに身を預けた。

ユナンが産卵するために作られた寝所は、まだ幼いメロがドラゴンの姿になっても十分な広さがある。とはいえ、ヒトの形で体の表面に鱗を生やしたり羽や尻尾だけ出してみせたりするのはかえって難しそうなものだけれど。

スハイルとユナン、ドラゴンと人間の仔（こ）だからだろうか。メロはヒトの体がまだ不安定なようだ。

「どうせなら、ドラゴンの姿になってしまったら？」

中途半端な格好をしているから、つい炎のブレスを吐いてしまうのかもしれない。

もっと小さいうちはドラゴンの姿でこの寝所の天井を飛び回っていたのだし、まだヒトの形は早かったのかもしれない。

ドラゴンになるなら服を脱がせてあげるからおいで、とユナンが手招きをすると、花壇の向こうからもう一つ足音が近づいてきた。

「めろ、パタパタすゆ？」

薄碧色（うすあおいろ）の髪を靡かせた、リリだ。

「リリもドラゴンの姿になるの？　じゃあこっちおいで」

あの日、ユナンが産み落とした卵は見る間に大きくなって、暦の半分ほどで割れたかと思うと中から出てきたのは双子だった。

スハイルに似た金色の髪に青い目をしたメロと、薄碧色の髪に榛色の目をしたリリ。

今のメロのようにヒトともドラゴンともつかない格好で卵から顔を出した二人の姿を見て、スハイルはユナンを抱きしめて喜んでくれた。

「めろ……りりもするなら、する」

後ろから追いかけてきたリリを振り返ったメロの背後からは、やっぱり尻尾が生えている。

リリはというと、小さな手も丸い頬もどこを見てもヒトの姿を保てているのに。

「めろ、しっぽでてう。ないなーい」

「！」

とっとっと近付いてきたリリに尻尾を触られると、今気づいたようにメロが尻尾をしまい込む。消し方はよくわからないのか、服の中に無理やりだ。

「ふふ、メロ。そんなふうにしたら服がだめになってしまうでしょう」

「めろ。しっぽ、きゅーってするんだよ。きゅーっ！　って」

膨らんでしまったメロの服の上を小さな手で撫でて、リリがぎゅっと目をつむりながら力んで見せている。

「き、きゅー……っ」

「もっともっと！　きゅーっ！」

二人してその場にしゃがみこんで、唇を硬く結んでいる。

そうしているうちにメロの服の膨らみが小さくなって、尻尾が消えていくのがわかった。

「ふふ、すごいすごい。上手にできたね」

その様子を見ていたユナンが手を叩いて笑うと、さっきまで不安そうに瞳を揺らしていたメロも頬を紅潮させて駆け寄ってくる。

「ははうえっ」

「ははうえーっ」

リリとメロが勢いよくユナンの足にそれぞれ抱きついてくると、ユナンの後ろに立っていたリドルが身動いだ。

「あ、すみません。……びっくりさせてしまいましたか」

思わず振り返ると、目の前によく研ぎ澄まされた鋏がきらめく。リドルはすぐに、手を引いてくれたけれど。

「御髪を整えている最中に後ろを向かないでください。そのほうが驚きます」

驚いたと言いながら、リドルの表情はあいかわらず涼しいものだ。

長い髪を、他の人間たちのように切りそろえたいと言い出したのはユナン自身だった。スハイルはもったいないと言ってくれたけれど、髪は放っておけばまた伸びる。

人間は髪を結い上げたり短く刈ったり、いろんな形で楽しんでいるというから、試してみたくなってしまった。

スハイルと過ごすようになって、前よりももっと人間のことが好きになった気がする。

「りどる、びっくりした？」

ユナンの足にしがみついたままのメロがリドルを仰ぐと、ユナンの髪をとかしていたリドルの手が止まった。

背後でリドルがどんな表情をしているのか、ユナンにはわからない。

尻尾はしまえたとはいえメロの手はあいかわらずドラゴンのそれだし、嫌な気持ちにさせてしまっているかもしれない。とはいえ、メロの大きな青い目は少しも怖がっていないようだ。

宰相なんかは、廊下ですれ違うだけでもユナンの影に隠れてしまうのに。

「ごめんなしゃ……」

自分たちが驚かせてしまったと思ったのか、今度はリリがリドルの足にしがみつく。リリがそうすると、メロもそれを真似する。

「二人とも、リドルの邪魔をしちゃ――」

「……そんなところにいては、ユナン様の御髪が降りかかりますよ」

意外にも、リドルの声は優しく落ち着いたものだった。

スカーのように猫撫で声というわけではないけれど、冷たい事務的なものよりは優しく聞こえる。

「おぐし？」

「私が鋏を入れさせていただいております、髪のことです」

へー、と間の抜けた感嘆の息とも相槌(あいづち)ともつかない二人の声が聞こえる。

リドルは退(ど)いてくれと言ったつもりのはずなのに、どうやら子供たちはリドルの仕事に興味津々のようだ。

「ほら、二人とも。花壇で遊んでおいで」

「や」

「やー」

二人が答えるのと同時に、リドルが息を呑むのが聞こえた。前を向いているユナンの視界に入らないところで子供たちがリドルになにをしているのかと思うと気が気じゃない。

メロに至っては鉤爪も出たままだというのに。

「もう……！」

「では、チクチクしても知りませんよ？」

我慢できずにユナンが背後を振り返ろうとした時、髪に触れていたリドルの手が離れた。

「チクチク？」

「ええ。髪の毛が服の中に入ると、背中や脇腹がチクチクして、ご入浴されるまでずっとチクチクチク……」

振り返ると、リドルが子供たちの目線に合わせてしゃがみこんでいた。椅子に座っているユナンからその表情は見えなかったけれど——鋏を置いたリドルの手が、背中や脇腹にと言いながら子供たちの体をくすぐっている。

「きゃーっ！」

「りどる、くすぐったい！」

弾けるように甲高い声で笑った二人が慌ててリドルのもとから逃げ出す。

「チクチク、やー！」

「やらー！」

逃げ出した二人はお互いをくすぐり合いながら、転げるように走っていく。

興奮したせいか、メロの尻尾がまた出てしまっているけれど。

「お待たせいたしました」

まるで、何事もなかったかのように立ち上がったリドルが再び鋏を構える。

その顔を仰ぐと、いつものすました顔だ。

「……意外でした」

前を向くように促されて、ユナンはあっけにとられたままリドルの手に髪を委ねる。

リドルの手は器用で繊細で、ユナンの額の角に触れないように髪を整えていく。

「そうですか？　陛下のお世継ぎですから、いずれは私もお仕えすることになりますし」

「………」

それはたしかに、その通りだ。

身も蓋もない言い方ではあるけれど。

リリとメロ、どちらが――ということは考えないまでも、二人ともこの国の要人であることに変わりはない。本来ならば。

「……ドラゴンとの仔なんて、世継ぎと認められていないものかと思っていました」

「陛下がお決めになったことです」

リドルの言葉はいつも迷いがない。

言葉だけじゃなくユナンの髪を切っていく手付きも鮮やかなものだし、決められたことを命じられるままに的確にこなしていく人形のように思える時もある。

でもさっきの子供たちへの対応を見てしまった後だと、つい苦笑してしまう。

「でも、わたしの髪まで切ってくれるとは思いませんでした。それは、スハイルに言われたことではありませんよね？」

もちろん、ユナンが頼めば切ってくれたかもしれないけれど。スハイルの后だから、という理由で。でもそうじゃなかった。

「ユナン様がご自分で切ろうとなさるからです。ドラゴンの後ろに目がついているとは聞いたことがありませんし、危ない目に遭わせるわけには参りません」

「水に映しながら切れば、なんとかなると思ったんですが……」

短いため息とともに、背後の髪が切り落とされる音がした。

子供たちを遊ばせながら自分で髪を切ろうとしていたところをリドルに見つかるなり強く止められて、椅子としっかりとした鋏を用意されてユナンは実際のところ困惑していた。

まさかリドルがそこまでしてくれるとは思っていなかった。

リドルはスハイルの侍従長ではあるけれど、ユナンに仕えているわけじゃない。

ドラゴンの姿の時はさすがに誰も近付こうとはしなかったけれど、ユナンの世話をするための女中はちゃんと用意されている。彼女たちに髪を切ってくれなどとは頼みにくかっただけで。

「メロ様とリリ様のこともです。乳母にお任せになればいいのでは」

もちろん、子供が生まれた時点で乳母を用意しようという話はあった。

だけど、ユナンの着替えの手伝いさえおそるおそるといった女中たちの様子を見ていたらとてもそんなことを頼める気がしない。

特に生まれてすぐのうちはほとんどドラゴンの姿のようなものだったし、今も驚いたりはしゃぐとすぐにドラゴンの姿に戻ってしまう。

きっと乳母をつけても、羽をはやした子供なんて手を焼くだろう。

メロやリリが子供のうちに、城の人間たちから触れたくもないもののように扱われたら――と思うと。

「……ドラゴンの仔の世話なんて、みんな見たがらないかと思って」

ユナンやスハイルにとっては可愛い我が子でも、やはり人間たちからしてみたらドラゴンの仔だ。人間に嫌な思いをさせるのも、子供たちに寂しい思いをさせるのも避けたいと思ったら自分で面倒を見るのが一番だ。

「それに、わたしは子供と一緒に過ごすのが普通だと思っているので大丈夫です。乳母なんて、考えたこともありませんでしたし」

森の中では子供が生まれると、群れを作る動物たちはそこで育てられるけれどそうでなければ両親だけで育てるものだ。

ドラゴンは群れにならないから、自分もいつか――産卵するのが自分だとは考えていなかったけれど――子育てするのだと思っていた。誰かの手を借りるとは思っていなかった。

「それに、ドラゴンは人間よりも成長するのがうんと早いんです。リリもメロも、あっという間に大きくなってしまうと思います」

「まあ、……それはそうでしょうね。人間の子供なら、まだ座ることすらできていません」

「えっ」

ユナンが驚いてリドルを振り返ろうとすると、頭を乱暴に押さえられた。

ユナンの年齢を聞いた時のスハイルはこんな気持ちだったのだろうか。

子供たちは歓声をあげながら花壇の間を走り回っている。彼らにとってこの寝所は自分たちが生まれた花園のようなものだ。他の人間たちはあまり足を踏み入れようとはしないし、安心していられる場所なんだろう。もちろん、ユナンにとっても。

「――ユナン様は、ドラゴンだということを引け目にお思いなのですか」

首筋で、鋏が細かく動いている。

ヒトの姿になる時は長い髪が常だったから、どんどん髪が軽くなっていくのが心地いい。なんだか、もう一段階変化できたような気分だ。

「引け目……といえば、そうかもしれないけど。誰だって不吉だと思ってるものに接したくはないでしょう。それでなくても、スハイルの后だからって無視もできないのに」

「まあ、他の人間がどう思っているかは私の関知するところではありませんが」

鋏を置いたリドルが、いつも通りの平坦な声音で言うとユナンの肩についた髪を払うように掌でそっと触れた。

思わず触れられたユナンが驚いてしまうくらい、自然に。

「私はドラゴンの災厄だなんて信じていません。魔力や大きな体でこちらを攻撃してくるのであれば脅威は感じますが、ユナン様がそんなことをした試しもありませんし」

出来上がりを確認するためか、椅子を回り込んできたリドルがユナンを見つめてあいかわらずの怜悧な表情で続けた。

「……ですから、もっと頼れる相手には頼ってください」

そんなことを、スハイル以外に言われたのは初めてだ。驚いてしまってうまく言葉が出てこない。

ともすればさっさと後片付けをして去っていってしまいそうなリドルのもとへ、子供たちがまた戻ってきた。

「りどる！　お花あげる！」

「めろはムシあげるー！」

「虫は遠慮させていただきます」

片付けをはじめようとした背中に体当りするように突進してきたメロを躱したリドルは、本当にいつもと変わらない。

無理をしているようにも、ユナンに気を使っているようにも。

「……ふふっ」

ほとんど脱げかかった服の中から羽を生やしたメロに体をよじのぼられたリドルを見ていると、思わず笑ってしまった。

さすがのリドルも子供に二人がかりでよじのぼられると渋い顔になるらしい。

「リドルはわたしのこと、嫌いなのかと思っていました」

ユナンの笑い声に顔を上げたリドルが、訝しげに眉を顰めて首をひねった。

「ユナン様を苦手だとも、好きだとも思ったことはありません。不敬な発言が多いと思われているかもしれませんが、私はいつも客観的な事実を申し上げているだけです」

「不敬だなんて」

ユナンが敬われるだなんて思ったことはただの一度もない。

ただ、やはりドラゴンだという引け目がリドルの心象を勝手に決めつけてしまっていたのかもしれない。

リリとメロを両腕に抱き上げて重さ比べをしているリドルを眺めながら彼の今までの言動を振り返ると、大いに肯ける。

たしかにリドルから決定的な批判をされたことはない。ただ肯定的ではなかったというだけだ。彼は主観で話をしていないから、世間がドラゴンをどう思っているかを聞かされて勝手に気を塞がせていたのはユナンのほうだ。

リドルの主観は、――こうしてユナンの仔を抱いてくれている姿を見ればわかる。

「メロ様のほうが少し重たいようです」

「めろのほうが大きいってこと？」

重いと言われたメロがリドルの右腕の中で体を跳ねさせて喜ぶと、リドルの眼鏡が揺れてつらそうな表情が見える。

慌ててユナンがどちらか片方を受け取ろうとして腕を伸ばすと、リリを渡された。

「りりだって、しっぽ出したらおもたくなるもん」

桜色の頬を膨らませたリリは不服そうで、ユナンの腕の中でぎゅっと体を丸めた。拗ねているというよりは、——姿を変えようとして、集中しているようだ。

「り、リリ！　尻尾出さなくていいから！」

「だって、めろが」

ユナンが慌ててリリのお尻に手をあてがうと今度は唇を尖らせて拗ねた顔を見せる。

「メロ様が重たいのはごはんをたくさん召し上がっているからでは」

多分、リドルのいうことが正しい。

メロのほうが食欲は旺盛だし、二人とも同じくらい活発に動いてはいるけれどメロのほうが力が強いというか——ちょっと乱暴だ。オスらしいと言えば、オスらしい。

スハイルは子供たちに早く剣技を教えたいと楽しみにしているようだけれど、きっと鍛錬をはじめたらメロのほうが上達は早いような気がする。

それは、メロの髪色がスハイルに似ているからそう感じるだけかもしれないけれど。

「それって、めろのほうが太ってるってこと？」

「！」

ユナンを仰いで尋ねたリリの素朴な一言に、はしゃいでいたはずのメロがはっと息を呑む。

愕然としたメロがおそるおそるリドルの顔を仰ぐ、リドルはいつものポーカーフェイスで逡巡した後、肯いた。

「そういうことになるかもしれません」

「‼」

その瞬間、リドルの腕に抱かれたメロが背中からバッと小さな羽を開かせた。

「メロ！」

驚いたのはユナンだけじゃない。抱いていたリドルも、その骨ばった羽を避けようとして顎を引いた。

「急に羽を出したりしたら、危ないって言ったでしょう」

「だって、めろがデブって……りどるが」

首を竦めて必死に羽をはばたかせるメロは、そうすることで少しでも自分の重さを軽減させているつもりなのかもしれない。それでもリドルの腕の中から飛び立ってしまうわけではない。

純粋なドラゴンであるユナンはそんな器用なことができないからわからないけれど、ヒトの形で思うように飛び回るのは難しいのか、あるいはリドルから離れたくはないということなのかもしれない。

リドルは自分の腕の中で羽をばたつかせるメロの姿を物珍しそうにまじまじと眺めてから、――ふと笑った。

「かるい？　めろ、かるいでしょ？　りどる」

「ええ。まるで空気を抱いているようです。これならば、手を離しても良いのでは？」

「だめ！　だっこしてなきゃだめだよ！」

メロを抱いた腕をわざとらしく離そうとするリドルに、メロがしがみつく。

子供たちはリドルにとっくになついていたようだ。勝手に気が引けていたユナンよりもずっと人を見る目があるのかもしれない。

「ははうえ、りりも、パタパタすう？」

「しなくていいよ。ドラゴンの形になる時とヒトの形になる時は、ちゃんと教えるからね。羽だけだしたり、しっぽだけ出したりするのはダメです。ね、メロ」

リドルにしがみついて体を宙に浮かせているメロに呼びかけると、羽の生えた背中がビクリと強張った。

どうもメロのほうがドラゴンの姿になりやすいのは落ち着きがないせいなのかもしれない。

羽をたたみ、腕の中に落ち着いたメロをゆっくりと地面におろしたリドルが大きく息を吐いて腰に手をあてる。

「す、すみません……重かったり、驚かせたりして」

まだ子供とはいえ、抱いていれば腰も痛くなるし——しかも相手は落ち着きのないメロのほうだ。短時間でも疲れることは間違いないのに、羽までバタつかれたら。

ユナンもメロと遊びたがるリリを下ろして、さっきまで自分が掛けていた椅子をリドルに勧める。それを小さく首を振って固辞したリドルが、駆けていく子供たちの後ろ姿を見遣（みや）った。

「子供の面倒を見るのはご苦労でしょう。私も不慣れではありますが、出来ることならばなんなりとお申し付けください。それが私の職務ですので」

そうは言っても、リドルの子供たちに対する態度は仕事だから仕方がなく、というようには見えない。

仕えているわけでもないユナンに頼ってもいいと言ってみたり、今まで見たこともないような柔らかな笑顔を浮かべてみせたり。

　ユナンはなんだか心がぽかぽかと温かくなってきたような気がしてはにかんだ。

「……陛下もこのところお忙しくて、なかなかユナン様やお子様たちまで気を回せられないでしょうし」

「やっぱりスハイル、忙しいんですか？」

　このところ、昼間にスハイルが様子を見に来ることが少なくなっていることには気付いていた。

　夜は一緒に眠るし、朝食も一緒に摂るけれど。

　一国の主がユナンにばかりかかりきりになっていた今までが普通じゃなかったんだろうと思っていたけれど、やはり以前よりも忙しくなっていたのか。

　スハイルはユナンの前で国王らしいところを見せようとはしないし、それが彼の休息になるならと思ってユナンもなにも聞かずにいた。

　スハイルが話したくないことをリドルに尋ねるのはいいことではないかもしれないけれど、気にならないといえば嘘になる。

　ユナンが力になれることなどなくても、気遣うことくらいならできるかもしれない。

「ええ、帝国との同盟を組むための議会がなかなかまとまらないようで」

「帝国……」

　聞き馴染みのある言葉を復唱して、ユナンは首をひねった。

　たしか、いつかの花園で――。

「陛下がご成婚される予定だった姫のいらっしゃる国です」

瞬間、宰相のユナンを見る非難めいた視線を思い出して、思わず竦み上がった。

宰相たちは何度も帝国の使者を呼んで姫を嫁がせようとしていたはずだ。スハイルが世継ぎのために結婚してしまうんだと思ってその場を逃げ出したユナンが感じた気持ちが、スハイルへの恋心だったんだということが今ならはっきりとわかる。

スハイルも同じ気持ちだったからこそ追いかけてきてくれたのだし、今は幸せだけれど。

それでも宰相にしてみたらユナンのせいで帝国との関係が結べなかったと思っているだろうし、他の方法で同盟を組むために議会を重ねているのだとすればそれは忌々しく思うのも当然かも知れない。

「お気に障りましたか」

自分のせいでスハイルが忙殺されているのかもしれないと思うと嫌な汗が滲んでくる。

でもそれは、リドルのせいじゃない。

ユナンは顔を上げて苦笑すると、涼やかな顔をしたリドルに首を振った。

「いいえ。きっとリドルがいなければ誰もわたしにそんな話を聞かせてくれなかったでしょうし。包み隠さないところが、リドルの良いところです」

他のヒトだったら、言い難かったことだろう。あるいは悪意を持ってユナンを傷つける言葉にもなり得たかもしれない。

だけどリドルはただ事実を教えてくれただけだ。そこにユナンのせいだと誹る意図がなかったのはわかるし、変に隠すようなこともしない。

リドルという人のことがわかって、むしろ今はいい気分だ。

「……ユナン様は、変わった方です」

ユナンの翠色の眼に見上げられたリドルが、眉を下げて困ったような笑顔を浮かべる。

その気の抜けた表情に、ユナンも声をあげて笑った。

「スハイルにもよく言われます！」


「――……なんて可愛らしいんだ」

湯浴(ゆあ)みから上がって寝室に入ってくるなり、ユナンの姿を見たスハイルは思わずと言ったようにつぶやいた。

いかにも優しく囁かれるのも気恥ずかしいけれど、うっかり本音が漏れたといった独り言はもっと顔が熱くなってくる。

「き、……今日、リドルに切っていただきました」

「リドルに？」

もっと近くで見せて、と両腕を広げながら歩み寄ってくるスハイルは少し疲れた顔をしている。

時間ももう遅い。今までも忙しそうだなと思っていたけれど、それでも子供たちが寝静まる前には寝室に戻ってきていたのに。

「自分で切ろうと思っていたのですが、お願いして良かったです」

ユナンが既に入っているベッドに腰を下ろしたスハイルが、そっと両手で頬を押さえ間近に瞳を寄せてくる。そんなに近くては髪型なんて見えないのではないかと思うけれど、久しぶりに触れるスハイルの手の温かさが心地良い。

「ああ、リドルは昔から器用だから。……本当に、よく似合っている。髪が長いのも美しかったが、短くしているのも可愛らしいな。お前はどれだけ俺を夢中にさせたら気が済むんだ？」

「もう、スハイル……大袈裟です」

ただ髪を短くしただけでそんなふうに言われるのがおかしくて、笑ってしまうけれど胸の中もくすぐったい。

ユナンは子供たちを起こさないように小さく笑いながら熱くなった顔を伏せた。

「リドルは素敵なヒトですね。今日もすっかり、子供たちと遊んでもらってしまって」

あの後もすっかりリドルになついてしまった子供たちはリドルの手を引いて花壇を連れ回し、夕食の時間まで付き合ってもらってしまった。

リドルにしてみたら、スハイルが忙しくしているぶんの手助けをしてくれたつもりかもしれない。

おかげですっかり助かった。

「……リドルと、どんな話を？」

ぴくり、とユナンの頬に触れたスハイルの指先が強張ったように感じて視線を上げる。

まだ少し濡れたままのスハイルの髪の合間から、鋭い眼光が垣間見えた。

「え？　ええと……スハイルの話とか」

「俺の？」

スハイルの眉間に皺が刻まれ、唇はむっとしたように噤まれている。

ユナンは一度視線を伏せて首を傾け、少し考え込んでから、思い切ってスハイルを見つめ返した。

「――もしかしてスハイル、やきもちを焼いていますか？」

「あたりまえだ」

間髪容れずに即答されると、思わず吹き出してしまった。

リドル相手にもやきもちを焼くなんて。しかも子供もいたのに。

掌で口を覆って笑い声を堪えたユナンがあまりのおかしさにベッドに顔を伏せると、スハイルは頬から離れてしまった手で頭を掻いた。

「仕方がないだろう。俺が忙しくてお前と会えないでいる間、どこでどうしているか気になってるんだ」

ばつの悪そうな顔で率直に言われてしまうと、こっちまで顔が熱くなってくる。

「お前が他の人間に嫌な目に遭わされていないか、お前の美しさに心惹かれた者に口説かれていないか、お前が誰に気を許しているのか……毎日、気が気じゃない」

「スハイル……」

若く美しいこの王が、そんなことに気を取られているなんてとてもじゃないけれど信じられない。

しかも相手は湖に棲んでいたドラゴンだったというのに。

だけど間近に寄せられた榛色の瞳があまりに真剣で、胸がきゅっと締め付けられるようだ。

他にいくらでもスハイルの求愛を欲しがる人間はいるだろう。それを囁いてもらえるだけでも幸せなのに、離れている間もその心に棲まわせてもらえるなんて。

熱っぽいスハイルの瞳を見つめ返すと、自然と吐息が寄ってきた。

きっと、ユナンの息も熱くなっているだろう。それを吸い上げるようにスハイルの唇が薄く開く。

ユナンは恍惚とした気持ちでまぶたを落とした。

スハイルの掌がユナンの頬に触れる。促されるようにユナンからも首を伸ばしてその口吻けを求めようとした、その時。

「ちちうえ！」

「！」

ベッドの跳ねる振動とともに高い声がして、ユナンは反射的に身を引いた。目を開くとスハイルも思わずといったように両手を掲げている。

「ちちうえ、おかえりなさい」

「なさいー」

いつの間にか目を醒ましていたリリとメロが夫婦のベッドに飛び乗ってきて、スハイルに抱きつく。

「お前たち、……寝てたんじゃなかったのか？」

二人をやすやすと抱きとめたスハイルの笑顔が少しひきつっているように見える。ユナンも一緒だ。

甘く口吻けている最中じゃなかったのが幸いだけれど。悪いことをしていたわけでもないのになんだか後ろめたい気持ちになってしまうのはユナンが既にはしたない気持ちになっていたせいだろう。きっと、スハイルも。

「おきた」

「起こしてしまったか？　ごめん、ごめん。でもまだお月さまがのぼっている時間だからな。お日さまが出てくるまでもう少し寝ていないと」

スハイルにしがみついて額を擦り寄せているリリの薄翠色の髪を撫でるスハイルは、もうすっかり父親の顔だ。ついさっきまでユナンにはオスの顔を見せていたのに。

なんだか寂しいような気もするけれど、子供たちの前で穏やかに笑っているスハイルの姿も愛しさで胸がいっぱいになる。

このところずっと忙しくて、子供たちとゆっくり遊ぶ暇もないようだからよけいに。子供たちもスハイルが恋しかったのだろう。だから話し声で目を醒ましてしまったのかもしれない。

「そういえば昼間、リドルに窺いました。帝国との同盟が難航しているとか……」

スハイルの体によじのぼろうとするメロを抱き上げようと腕を伸ばすと、手をひらりと振ったスハイルに制された。

ただでさえ疲れているだろうに、メロに首をまたがせてリリを膝に乗せたスハイルは笑っている。

「そうだな。まあ、お前が気にするようなことじゃない」

「でも……」

同盟の締結がうまくいかないのは、ユナンのせいもある。

だからといってスハイルが帝国の姫と結婚すれば良かったとは思わないけれど、それでも気にならないというわけじゃない。

なにより、忙殺されているスハイルがそれを話してくれなかったのはユナンが気に病むと思ってくれたからじゃないだろうか。そのことが心に引っかかってしまう。

「これは俺がやるべきことだ。お前には、リリとメロを育ててもらっている。それでいいだろう？美しいお前に、人間社会の煩わしさを味わわせたくはない」

たしかに、生物には役割がある。

つがいになった動物たちだってメスが卵を温めている間オスが餌をとってきたり、オスが子供に狩りの仕方を教えてメスが餌をとってくるという場合もある。

スハイルはオスとしてこの国の安定を担い、ユナンはスハイルとの子を育てる。

そう、わかっているはずだけれど。

「ちちうえ、いそがしい？」

「リリ、忙しいなんて言葉知ってるのか。すごいな」

褒められたリリが誇らしそうにすると、スハイルが破顔する。そのスハイルをいたわるように、頭上のメロが自分と同じ金色の髪を撫でている。

なんだか少し寂しいと感じた気持ちも、三人の姿を見ていると気のせいのように思えた。

「それにしても本当にドラゴンの仔は成長が早いな。これでも俺との子だから遅いほうなのだろう？」

「そうですね。今日はリドルが本も持ってきてくれて」

まだ絵本を眺める程度だけれど、じきに文字も読めるようになるだろう。

リドルは子供たちの面倒も見てくれると言ってくれているけれど、きっとあんなふうに体によじのぼられるよりは一緒に本を読むほうがいいだろうし、いずれ二人がこの国のためになるなら勉強はできたほうがいい。

案の定、本も読めたと言うとスハイルは目を輝かせた。

「すごいな、もう本も読めるのか！　本当に、一日でも目を離していたらあっという間に大人になってしまうな。いつまでも可愛い子でいてくれていいのに」

膝の上のリリをぎゅっと抱きしめたスハイルが、体の小ささを名残惜しむように大袈裟に悲痛な声をあげる。

その芝居がかった仕草にユナンは思わず吹き出した。

「めろも！　めろもご本よんだよ！　えっと、きしさまと、おひめさまがでてくるおはなし」

「はは、えらいな！　じゃあ今度は俺が二人に剣術も教えてやらなくちゃな。本を読んでばかりじゃ国王にはなれないからな」

「きしさまみたいにたたかう！」

メロがスハイルの肩の上で剣を構える仕草をして、足をばたつかせる。

慌ててスハイルがその足を摑むと、メロがはしゃいだ声をあげて体を跳ねさせた。

「ほらメロ、スハイルが疲れてしまうから。こっちへおいで」

ただでさえも遅くまで仕事をしていたのに、スハイルがよけい疲れてしまっては大変だ。ユナンが両腕を伸ばすと、肯いたメロが背中の羽を伸ばした。

「っ、メロ！」

メロが小さな羽をはばたかせて飛び立とうとすると、スハイルがそれを振り返って足を掴んだ手で引き下ろした。

突然大きな声をあげたスハイルに、メロもリリも目を丸くしている。

ユナンも驚いた。それほど、厳しい声だった。

「俺の肩から降りるなら、のぼった時と同じように降りろ。羽を使うんじゃない。尻尾も。しまうんだ」

怒られた拍子にか、あるいは羽と一緒に出てしまったのか、背後から伸びている尻尾を手の甲で叩かれるとメロは身を竦ませた。

だからといって慌ててしまえることもできず、引き下ろされたベッドの上でもじもじしている。

「メロ、おいで。わたしが尻尾をしまえるおまじないをしてあげるから」

萎縮してしまったメロを宥めるようにユナンが両腕を広げると、メロはぴゅっと踵を返して飛び込んできた。

おまじないなんてものはないけれど、優しく背中を叩いてあげていればいつかは鎮まる。

「きっと、スハイルに褒められて嬉しくなってしまったんでしょうね。興奮すると羽が出てしまうようですから」

メロの様子を心配したリリもスハイルの膝から降りてユナンのもとへやってくると、スハイルは小さくため息を吐いてベッドの中に入ってきた。

「そんなことを言って、いつまでもそんなことじゃ困るぞ。あっという間に大人になってしまうのならなおさらだ」

リリに羽をしまう「きゅーっと」のコツを教えてもらいながらユナンに背中を撫でられていると、じきにメロの羽も尻尾も見えなくなった。

だけど、ユナンの額の角はそのままだ。

髪を切ったことで目立たなくはなったけれど、べつに隠すために髪を切ったわけじゃない。ユナンは視線を伏せて、返す言葉を探した。

「……ちちうえ、ごめんなさい」

押し黙ってしまったユナンの代わりに、メロがベッドに入ったスハイルを振り返る。

「ごめんなさい」

リリも一緒になって謝ると、スハイルは微笑んで両腕を子供たちに手を伸ばす。すぐにそれに飛びついた二人が同じベッドに潜り込むと、ユナンは部屋の灯りを消すために一度ベッドを抜け出た。

ドラゴンは、どうしたって人間にはなれない。半分はスハイルの血であっても。

ユナンは灯りを消した部屋でそっと自分の額に触れて、首を竦めた。

*　*　*

「ユナン。リリ、メロ」

いつかの花園を散歩する三人のもとへスハイルがやってきたのは、数日後の昼下がりのことだった。

花園は、もうすっかり葉だけになっていて、いつかユナンとスハイルが愛でた花の香もすっかりなくなってしまっている。それでもユナンにとってこの花園は大切な場所で、子供たちを遊ばせるためにたびたび訪れていた。

以前はユナンのための寝所だった温室もいいけれど、風を感じたり日光浴をするのには屋外が一番だ。

それにこの花園ならば、城の人間からはあまり見えない。

水入らずには格好の場所と言えた。

子供たちにはこの場所がスハイルとユナンの思い出の場所だとまだ話していない。いずれ、またあの花が咲く季節になったら話せるかもしれない。その時には彼らももうすっかり大きくなっているだろうから。

「ちちうえ！」

スハイルの姿を見つけたメロが高い声をあげて駆け出す。リリもそれに続いた。

「二人とも、転ばないように」

ユナンが慌てて声をかけたけれど、大好きなスハイルに向かっていく二人にはもう聞こえていない

だろう。

日に日に大きくなっているとはいえまだ手足は短く、頭も大きい。足元をよく見ないからつまずきやすいしすぐにバランスを崩してしまって、城の中でも転んでしまうことがしょっちゅうだ。

メロは多少膝を擦りむいても泣き出したりしないけれど、リリは我慢できずに泣き出してしまうから手を焼く。

「はは、二人ともお日さまの匂いがするな」

その場にしゃがみこんでメロとリリを待ったスハイルの両腕の中に、二人が勢いよく飛び込む。そのままぎゅっと抱きしめたスハイルが子供たちの首筋に鼻先を寄せて息を大きく吸い込むと、くすぐったさに身を捩った二人の笑い声が花園に響いた。

「スハイル、今日は帝国の方がいらしているのでは？」

「ああ、ようやく会談も落ち着きそうだ。お前には心配をかけたな」

リリの髪を撫でながら顔を上げたスハイルの微笑みに、ユナンはほっと息を吐いて小さく肯いた。

この数日間、本当にスハイルは同盟のことに頭を悩ませていたようだから。

その悩みを共有できないことは寂しかったけれど、役割なのだと思えば仕方がない。このところ気持ちに余裕がなかったように見えたのも、これで落ち着くかもしれない。

「ちちうえ、あまいにおいがする……」

「いいにおいー」

さっきのお返しとばかりスハイルの胸元に鼻を寄せた二人に気付いて、スハイルがあっと声をあげる。

おかしな話だけれど、そうしてスハイルの体に頬を擦り寄せている子供たちの姿を見るとユナンは少しやきもちを焼く気持ちがわかるような気がした。

ユナンだって、スハイルの香りを近くで嗅ぎたいのに。

「さっき、帝国の使者から土産にと菓子をもらったんだ。リリとメロにやろうと思って探していた」

目敏いなと破顔して、スハイルが胸から包みを取り出す。

興味津々で身を乗り出す二人の背後に近付いて、ユナンもスハイルの手元に首を伸ばした。べつに珍しいお菓子に興味があるわけじゃないけれど、スハイルの漂わせていた香りが気になっただけだ。

白いレースに包まれていたのは、まるで宝石のような透き通った砂糖菓子のようだった。

「わぁ……！」

感嘆の声をあげたのは、子供たちなのかユナンなのかわからない。三人同時だったかもしれない。

お菓子は丸いものや綺麗にカットされているもの、いろんな形がある。色もメロの瞳のように青いもの、スハイルの髪のように金色のもの、リリの頬のように薄紅色のものと、見ているだけで楽しい気分になってくる。

それに香りも子供たちが言うように本当に甘やかで、ユナンも思わず喉を鳴らしてしまった。

「リリ、どれにする？」

両手に広げたレースの上の菓子を差し出して、スハイルが尋ねた。

ふっくらとした唇を小さな掌で覆って瞬きも忘れているリリは、どうやら目移りしてしまっているようだ。

スハイルもこれだけ小気味いい反応を示されるとわざわざ遠い花園まで子供たちを探しに来たかいがあるだろう。呆然とお菓子に見惚れるリリを見て声をあげて笑った。

「ちちうえ！　めろはね、このみどり色の……」

「メロ。今はリリに聞いているんだ。順番は守ろうな」

花園に風が吹いた。

流れる雲に太陽の光が遮られてスハイルの笑顔に翳を落としたような気がして、ユナンは小さく身震いした。

目を丸くして言葉をなくしたメロを慌てて抱き寄せて、後ろから頬を合わせる。温かいメロを腕の中に抱いていると、少し肌寒さが収まるような気がした。

「じゃあメロはわたしのぶんのお菓子を一緒に考えてくれるかな。こんなにたくさんあると迷ってしまうから」

振り返ったメロが丸い頬を和らげて、真剣な顔つきで肯く。

双子とはいえ、リリとメロは気性が違う。

いつもメロの後についていく形のリリが後回しになってしまうことが多々あるから、スハイルも気にしてくれていたのかもしれない。子供たちをよく見てくれている証拠だ。だけど、メロには少しショックだったかもしれない。

「――そういえば、同盟の締結のために近い内に帝国へ向かわなければならない。少しの間、留守番をさせることになる」

悩みに悩んだ結果赤い色を選んだリリにお菓子を差し出しながら、スハイルがユナンを仰ぐ。

もしかしたら、花園まで探しに来てくれたのはこれを伝えるためだったのかもしれない。あるいはまたリドルから先に伝えられてしまう前にと。

「ちちうえ、おでかけするの？」

今度はメロの番、と差し出されたレースの上から翠色のお菓子をもらったメロが、大きく口を開けてお菓子を頬張る。その頬についた砂糖を指先で撫で落としながらスハイルが笑った。

「ああ。帝国はトルメリアよりずっと大きい国でな。大きな建物や、早い乗り物もある」

見たこともない国に思いを馳せた子供たちがスハイルをキラキラした目で仰ぎながら感嘆の息を漏らす。

ユナンも遠い帝国までは行ってみたことがない。

遠くを旅することのできる鳥などからその噂話を聞いたことくらいはあるけれど、とにかくたくさんの人間がいるという帝国でもやはり、ドラゴンは歓迎されていない。人間からしてみたらドラゴンは恐ろしい存在なのだろうから、仕方のないことなんだろう。

旅を続けるドラゴンであっても人間の多い場所は避けるか、ヒトの姿をしてやり過ごすというから興味を持ったこともなかった。

それが、こうしてスハイルとつがいになることでそんな帝国の話を聞けるというのだから面白いものだ。

「りりも『ていこく』行きたい！」

食べかけのお菓子を握りしめたままのリリが勢いよく手を挙げてスハイルに言うと、ユナンは驚いて目を瞠った。

「リリ、お庭を散歩するのとは違うんだよ？　たくさん歩いて、いくつも眠らないとつかないような──」

リリにしてみたら、今日は温室に行ってみよう、花園へ行こうというのと同じくらいの気持ちなのかもしれない。なにしろまだ城の敷地内からも出たこともないのだから、世界の広さなどわからないのかもしれない。トルメリアの領地内だって知らないのに。

子供は突拍子もないことを言うものだと苦笑してやり過ごそうとしたユナンに対して、スハイルがリリの頭をくしゃりと撫でて笑い声をあげた。

「はは！　それもいいかもな。子供のうちから外遊しておくのは大事だ」

「スハイル」

しゃがみこんだ膝にリリを抱き上げたスハイルは、満足そうに肯いている。

まさか、本気じゃないだろう。

同盟の締結なんていう大事な時に子供を同伴するだなんて、迷惑になるに決まっている。その気もないのに子供をその気にさせないでくださいと諫めようとした時、スハイルがユナンの困った顔を振り仰いだ。

「リドルやスカーも同行するんだ、充分に面倒は見られる。お前も毎日二人の世話ばかりして疲れているだろう?」

「……本気ですか?」

たしかに子供たちはリドルやスカーになついている。

彼らがいれば、ぐずるようなこともないだろうし危ない目に遭うこともないだろう。彼らの苦労はともかくとして。

トルメリアから帝国まで何日間かかるのか、滞在日数はどれくらいなのかわからないけれど、その間城に独りぼっちになることを考えると寂しくはある。

けれど、スハイルがいう通り外遊の真似事のようなものだと思えば子供たちにはいい経験になるのかもしれない。彼らはスハイルの跡継ぎとなるのだろうから。

「俺はべつに構わないよ。本当に行きたいって言うなら。どうする、リリ?」

「めろも行く!」

スハイルが抱き上げたリリに尋ねると、慌ててお菓子を飲み込んだメロがスハイルの腕に飛びついた。

双子のリリが行くというのなら、メロだって行きたいに決まっている。ユナンとしては寂しい限りだけれど、当然のことだ。そもそも子供たちは帝国に行くということがユナンと何日も離れるということをわかっていないのかもしれない。もちろん、スハイルが側にいればそこまで寂しい思いはしないのかもしれないけれど——。

「メロは駄目だ」

「えっ？」

思わず声をあげたのは、ユナンのほうだった。

メロはただ、きょとんとしている。

子供たちを連れて行くというのが本気だとして、リリだけ連れて行くつもりだなんて考えもしなかった。

「メロはまだ驚くとすぐに尻尾や羽が出てしまうだろう。帝国の乗り物や建物を見てそんなものが生えてきたら大変だ」

考えるより先にさっと頭が冷たくなって、ユナンは胸を押さえた。

ざわざわとした気持ちになって、鼓動がやけに耳にうるさい。

――そんなもの？

「めろ、しっぽだささない！」

「そうだな、今はな。でも、リリよりも尻尾や羽を出してしまいがちだろう？」

メロは、唇を尖らせて自分のお尻を隠すように腕を回している。その頬が真っ赤になって膨れ上がる。ユナンは慌ててメロの肩を抱き寄せると、きつく自分の胸の中にしまった。そうしていないと、なんだか自分の息が詰まってしまいそうだった。

「スハイル、子供を比べるようなことはあまり……」

「そうだ、帝国との同盟が成されたらようやく俺とユナンの婚儀についても話を進めよう」

メロを気にかけるリリを膝の上から下ろして腰を上げたスハイルに遮られて、ユナンは声を詰まらせた。

そういえば、メロとリリが卵から孵ってもうしばらく経つ。これまで慌ただしく子供の面倒に追われていたし、スハイルも帝国との関係強化のためにお互い奔走していてそれどころじゃなかったけれど。

ようやく国民の前にスハイルの伴侶として立てるということだろうか。

「子供が先になってしまったが……同盟を成し遂げた後なら、国民もわかってくれるだろう」

「子供たちも紹介するということですか？」

隠し通せるというものでもないだろう。人間――とりわけトルメリアの国民がどのように思うかはわからないけれど、スハイルがわかってくれるというのなら心配はいらないのかもしれない。

スハイルが同盟の締結を急いだのもこのためだと思うと素直に嬉しいし、ユナンや子供たちの存在が公になれば晴れてトルメリア国内を見て回ることもできる。

ユナンにとっては遠い帝国よりもそのほうがずっと楽しみなことに思えた。

「この国のヒトたちにお祝いしてもらえるといいね」

「おいわい？」

抱き上げたメロの顔を覗き込むと、さっきまで拗ねていたメロが首を傾げて怪訝な表情を浮かべている。

ユナンにとっては愛するヒトとの子供に過ぎなくても、国民からすれば彼らは王子だ。それも国民の前に立って初めてそう認められるのだと思うと、心配でもあるけれど少し楽しみもある。

メロやリリが自分たちの立場を知るためにも、早く婚儀が行われればいいのにと思う。

「まあ、それまでに尻尾を出さないでいられるようにしないとメロはその場には立てないかもしれないな」

「！」

ぎくりとしてスハイルの顔を仰ぐと、冗談を言っているという顔じゃない。

スハイルは、本気でメロを自分の息子として紹介しない可能性を考えているのだろうか。

一度は落ち着いた胸のざわめきが騒いできて、ユナンはぎゅっとメロを抱きしめる腕に力をこめた。

「ははうえ」

苦しそうなメロの声にハッとしてぎこちなく笑みを浮かべてみせると、メロを地面に下ろす。

心臓はバクバクとして、スハイルの顔を直視できない。

遊んでおいでとメロの背中を押すと、心配そうな顔でユナンの顔を窺った後リリと手を取り合って二人とも花園の茂みへと消えていく。

ユナンはメロのぬくもりが残る手を握りしめて、喉を鳴らした。

「スハイルは、……リリを跡継ぎにするつもりですか？」

どちらか一方しか王になれないことはわかっている。

幸せな痛みに耐えて産み落とした卵が孵った時、割れた殻の中から二人の顔が覗いた時からわかりきっていたことだ。

だからって、決めてしまうのは尚早じゃないのか。

スハイルが決定することも、王としての器を許られるのも構わない。だけど——理由がドラゴンの尻尾をすぐに出すから、ということなら納得できない。

「婚儀では、わたしがドラゴンだということも隠すつもりですか」

メロが尻尾を出すのが問題なのは、ドラゴンの仔だということを隠したいからだ。

だとしたら必然的に、そうなる。

ユナンは冷たくなった指先を握りしめて、祈るような気持ちでスハイルを見据えた。

「それはもちろんだ。当然だろう？」

「っ、！」

どっと胸を打たれたような衝撃にユナンは言葉を失った。

スハイルは最初からそうするつもりだったのだろう、いまさらなにを聞かれているのかわからないといった顔をしている。

ユナンは、人間の婚儀なんていうしきたりにこだわろうとは思わない。

だけど、スハイルのつがいだと周囲から認めてもらえることは嬉しいし、トルメリアが自分の居場所だと思えるような気がしていた。

それは、人間だと偽らなければいけないことなんだろうか。

ユナンだけならばまだいい。

子供たちは半分は人間の血を継いでいるとはいえ生まれた時からヒトの姿を強いられて、この先もずっとドラゴンの仔であることを隠し通さなければいけないのか。

スハイルが言っているのはそういうことだ。

ドラゴンの災厄なんて信じないと言っていたのに。

「ユナン？」

強く握りしめたせいで小刻みに震えた手をもう一方の掌で包み込むと、その指先から鉤爪が伸びはじめているのを感じた。

水が凍っていくような音が耳の中で響いて、皮膚が鱗状に硬くなっていく。

「……やはり、ドラゴンとつがいになるだなんてスハイルにとっては不名誉なことだったんですね」

「なにを言ってる？　ユナン、落ち着け。手が——」

ユナンの変化を訝しげに眺めたスハイルが、鱗のあらわになった腕に手を伸ばしてくる。それを振り払って、ユナンは顔を上げた。

「メロの尻尾や羽をそんなものと言いましたね」

ユナンの大きな声に気付いた子供たちが離れた場所から戻ってくるのが見える。

卵を産み落として以来、この姿になったこともなかった。子供たちに本来の姿を隠していたことも、今思えば馬鹿げていた。

「ははうえ」

「ははうえ、パタパタする？」

メロの無垢な声にスハイルがハッとして振り返った。

「おい、ユナン！　こんなところでドラゴンの姿になるんじゃない！」

「――――！」

スハイルに言い返した言葉は、空に轟く咆哮になった。

花園の木々がユナンの太い尻尾でなぎ倒され、あたりに葉が舞う。

子供たちが驚いたように目を丸くして、メロは既に羽を生やして飛び上がっている。

騒ぎに気付いた騎士たちが遠くからこちらへ駆けてくるのも見えた。この姿になれば、城の広い庭も一望できる。

『これがわたしの本来の姿です。スハイルは認めてくれているんだと思っていました』

荒い息を吐きだして言うと、スハイルが顔を顰めてユナンを振り仰ぐ。

そんなスハイルの表情を見たのは初めてだ。いつも、そんな顔をさせたくないと思っていた。だけど、それは自分を押し殺すということじゃない。

「それは、もちろんだ。……いいからいつもの姿に戻れ、ユナン」

『いつもの姿？　これがわたしの姿です』

「ああ……そういうことじゃなくて。人間の姿に」

やはり、スハイルは人間の姿をしていなければ愛せないということか。

苛立ったように額を押さえてため息を吐くスハイルの姿に、ユナンは地面を前肢で掻いて子供たちを呼び寄せた。

自分について来いとは言えない。だけど、城に残ればそれはヒトとして生きるということだ。メロにはそれがどういうことか、わかるだろう。それを隣で見ていたリリにも。

メロはすぐにユナンの意図を汲んだように——あるいは純粋にヒトの姿から解き放たれてはしゃいでいるだけか、ドラゴンの姿になってユナンの背中まで飛んできた。

リリは、羽だけを生やして覚束ない様子でメロについてくる。

慌てて駆けつけた騎士たちを、スカーが必死に制しているのが見える。ユナンは大きく羽を広げて、この城にいる人間すべて、あるいは城の外からでも見えるように自分の姿を晒した。

『ドラゴンは誇り高い種族です。でも、あなたのためならばヒトの姿でいることも構わないと思っていました』

無理やり連れてこられた城でもドラゴンの姿になって逃げ出すような真似をしなかったのだって、スハイルがいたからだ。

スハイルが礼を尽くして、ユナンを尊重してくれたから。だから、スハイルへの特別な感情が生まれる前からずっと迷惑だけはかけないようにと思ってきた。

スハイルがドラゴンを対等に見てくれている人間だと思ったから。

だから、愛することができた。

「ユナン、羽を閉じろ！　他の人間に見られたらどうする！」

『……！』

ここまで言ってもまだ、ユナンがドラゴンであるということを隠したいのか。

スハイルの怒鳴るような声から耳を塞ぐようにユナンは長い首を振ってはばたいた。

いつかスハイルと愛した花園が風圧で乱れ、スハイルが砂塵から顔を覆う。スカーが駆けてきて、

なにか叫んでいるようだ。その声も聞こえない。

「ははうえ、たかいたかーい！」

「めろ、見て！　とおくまで見える！」

子供たちのはしゃぐ声が背中から聞こえた。

ユナンは閉じていた目をゆっくりと開いて、眼下に小さくなったスハイルの金色の髪を見下ろした。

「ははうえ、どこに行くの？」

「ていこく？」

長い尾をゆっくりと周回させて、城に背を向ける。

ここに長くいては、またいつかのように矢を射られるかもしれない。あの時弓を引いていたのはリドルだった。そんな姿をまた見るのは御免だ。

『──西の森へ』

静かにつぶやいて、ユナンは空へ体を滑らせた。


「はやい！」

「ははうえ、はやーい！」

鉤爪をしっかり背中の鱗にひっかけて、あるいは額の角につかまったリリとメロが甲高い声をあげる。

スハイルがユナンを連れて帰った時、馬で一日はかかったと言っていた。こんな距離、ドラゴンにしてみたらあっという間だ。夜空を飛ぶドラゴンの姿は流れ星のようだとも言われているし、それくらい早く飛べないようでは人間にあっという間に狩られていただろう、とも言われている。

「あ！　でっかい木！」

メロが指さしたのは、西の森で一番背の高いセコイアの木だ。森で一番の高齢で、ユナンたちはジジ様と呼んで慕っていた。

その麓(ふもと)に、ユナンが生まれ育った湖がある。

森を離れて城に残ることを決めてから、気付けば暦は何枚も回っていた。ドラゴンや樹木にとっては一瞬の出来事でも、動物たちにはそうではなかっただろう。

もう、ユナンを知らない森の住民たちもいるかも知れない。

それでもユナンが帰る場所は、ここしかなかった。

『あの木の下へ降りるよ。しっかりつかまっていて』

ユナンが背後の二人を振り返ると、目をキラキラと輝かせた子供たちが強く肯いてユナンの体にしがみついた。

首を前に下げ、羽をすぼめてジジ様の木を目指していく。背中で子供たちが高い歓声をあげた。少しだけ、彼らを楽しませようと意識していつもより急降下してしまったかもしれない。

いつもより——と言ったって、ユナンがこんなに長く森を離れたことなどないのだけれど。

『ユナン』

ジジ様の木を滑り降りるように、周囲の木に子供をひっかけてしまわないように慎重に湖の畔に降りると最初に声をかけてきたのはたまたま水を飲みにきていた鹿の親子だった。

心底驚いた顔をして、ユナンが城に連れて行かれる前は生まれたてだった息子の鹿が水を吐き戻しそうになっている。もうすっかり大人の鹿になっているのに。

「あ！　しかさんだ！」

ぴょんと地面に降りたリリが指をさすと、鹿が思わず身構える。

無理もない。リリは背中に羽を生やしただけの、人間の姿のままだ。

『大丈夫。実は、この子たちはわたしの子供なんだ』

パタパタと羽をはばたかせてユナンの背からメロも離れていく。こちらは、仔ドラゴンの格好になっている。それを見た鹿の親子が言葉を失って目を白黒させていた。

「ははうえ、ここならとんでいてもいい？」

『いいよ、ここではドラゴンの姿でいていい。でもあまり遠くまで飛んでいかないようにね』

きゃあっとメロが歓喜の声をあげた。

メロはスハイルの言いつけのために、城では抑圧されていたのだろう。びゅうっとすごい勢いでジジ様の木のてっぺんまで飛び上がって、またすぐに降りてきた。

『子供って……しかも、あれじゃまるで人間……』

『ユナン』

鹿の親子が顔を見合わせながら言い淀んだ時、枝にメロをぶら下げたジジ様が声を発した。

初めて見る森の風景に落ち着かない様子できょろきょろとあたりを見回していたリリも、木にぶら下がって笑っていたメロも驚いて目を丸くする。

城の草木たちは話したりしなかったから、当然だ。

『ジジ様、ご心配おかけしました。わたしは――』

『良い。わかっておる』

バサッと枝を揺らしたジジ様から、メロが転げ落ちてくる。地面に落ちることはなく、羽ばたいて宙に浮いてから自分で着地したメロは四つ足でリリのところまで駆けていった。

興奮した様子でジジ様を指しているところを見ると、楽しいよと教えてあげているのだろう。子供たちがジジ様を怖がるようなことがなくて良かった。

ジジ様はユナンにとって、親代わりのようなものだ。

いつかは子供たちを紹介したいと思っていた。まさかそれがこんな形になるとは思っていなかったけれど。

『ユナンの子供だって？』

『見てみて、ちっちゃい人間だ！』

『人間はあんな羽生やしてないだろ？』

頭上からかしましい声が聞こえたと思ったら、色とりどりの鳥たちが集まりはじめていた。

その声を聞いたメロとリリが顔を上げる。なにもかもが目新しくて珍しくて、興奮しきりといった様子だ。

これが城だったら、今夜は興奮が収まらなくてなかなか寝付かないかもしれない――と心配したことだろう。

だけどもう、彼らが眠らないと困ってしまうスハイルの姿もない。なにより森の夜は静かで暗くて、城での過ごし方とは違う。

「ははうえー！　とりさんたちと、パタパタしてきていい？」

頬を紅潮させて息を弾ませたメロが今にも飛び出していきそうに羽をばたつかせている。リリもその後ろで自分の羽を両手でゴシゴシと触っていて、完全にドラゴンの形になれない自分がメロや鳥たちについて行けるか心配しているようだ。

ユナンがメロの頭上の鳥たちを仰ぐと、彼らもなんだか楽しそうだ。

おそらく最近生まれたばかりなんだろう見知らぬ顔も紛れていたけれど、ほとんどは知っている顔だし面倒見のいいキヌバネドリもいる。ユナンは彼らに一礼すると、じっとしていられないといったふうのメロに肯いた。

『いいよ。でも、ちゃんと鳥さんたちの言うことをきいて。危ないことはしないで、リリともはぐれないように。わたしはジジ様の――この大きな木のところに、ずっといるからね』

「はい！」

返事をするや否や、メロは言ったそばからリリを待たずに鳥たちの待つ上空に飛び上がってしまった。続いてリリが、一生懸命羽ばたいてメロのもとまで向かっていく。

ユナンはその姿を見上げてから、久しぶりの湖へと向かった。

もう湖の側にスハイルたちがやってきた時の踏み荒らされた面影は残っていなかった。

森の景色は、以前のままだ。まるでスハイルたちが来たことも、城で過ごした日々も夢だったんじゃないかというくらいに。

メロやリリたちが側にいなくなると余計にそう感じてしまう。

前肢を踏み入れると湖の水は冷たく、ここまで急いで飛んできた体が疲れていたことを自覚させられる。

久しぶりにドラゴンの姿に戻って、突然全力で飛んできたのだ。疲れるのもあたりまえだ。

『ユナン、ずいぶん人間の営みに馴染んでいたようだな』

通り過ぎていく風に枝の葉を揺らしたジジ様が、すべてを見透かしたように言う。

ジジ様が話すというのは実はみんなの錯覚で、風が揺らす葉の音がそう聞こえているだけなんじゃないかと思ったことがある。つまり、自分の心と対話しているだけなのかもしれないと。それくらい、ジジ様はユナンの心の中を見透かしている。

今はそれがホッとするような落ち着かないような、複雑な気持ちだ。

『ヒトの匂いがしますか？』

『まあ、大したことじゃあない』

ジジ様が言うとそれに呼応したように風がユナンの肌を撫でていった。

森で草木と遊び、湖の水を浴びて風に吹かれていたらヒトの匂いも消えるだろう。リリやメロからも。彼らにとってそれがいいのかどうかはわからない。

　少なくともヒトでいることが自然なこととは言えないユナンと違って、子供たちは半分が人間なのだから。

　トルメリアに戻ればヒトであることを強いられ、森では人間なのかと問われ続けることになるだろう。

　どこで育つのが彼らにとって幸福なのか――ユナンが考えたところで、それが周囲に受け入れられるとも限らない。本人たちが望むようにしてやれるのが一番だけれど、森に連れてきてしまったらもう城には戻れないんじゃないか。

　トルメリアはどうなるだろう。

　スハイルは跡継ぎを失って、やっぱり帝国の姫と結婚するかもしれない。ちょうど帝国に行くと言っていたことだし。

　どうせユナンのことは公表していないのだから、何の問題もない。

　胸は焼けるように痛むけれど、湖の冷たい水に浸かっていればいつかは癒えるだろう。

『少し休むといい』

　湖に体を浸したユナンの迷いさえもわかっているかのように、ジジ様が木漏れ日を与えてくれる。

　ユナンは静かに目を閉じて、自分の心のざわめきではなく、風の音に耳を澄ませた。

『はい。……少し、疲れました』

　ヒトの体を保ち続けるだけでも、負担になっていたのかもしれない。

大きく息を吐きだすと湖にさざなみが生まれる。その波に揺られながら、ユナンはうとうとと浅い眠りへ落ちていった。


「ははうえ！」

一体どれくらい眠っていたのかわからない。

メロの興奮した声で気がつくと、空は夕焼け色に染まりはじめていた。

「おそら、たくさんとんできた！」

「あのね、とりさんすごい速くて。びゅーって！」

ユナンが首を擡げるのも待たず、興奮した様子のメロとリリがそれぞれにまくしたてる。

リリはあいかわらずヒトの姿に羽を生やしたきり、肌の一部に鱗が生えているけれどほとんど人間だ。ドラゴンの血が薄いのかもしれない。

それでも鳥たちがいかに華麗に空を飛ぶか、自分がどれだけそれについて行けたかを熱心に語る姿は見ていて微笑ましい。

なにより、森の仲間たちに子供が受け入れられたことがユナンを安心させた。

「それから、りすさんとお花をみにいって」

「あとねあとね、クマさんともごあいさつしたの！」

「ははうえにお花つんできた！」

二人がかりでこんなに賑やかに一日のことを報告されたことなど、今までなかった気がする。

一日も経っていない、たった数時間の内にも彼らはたくさんの仲間と触れ合って、少し成長したようにさえ見える。

ユナンは思わず笑って、二人に頬ずりした。鱗の生えていないリリは少し痛そうにしたけれど、その代わりに前肢で抱き寄せる。

自分の勝手で城を飛び出してきてしまったけれど、彼らを森に連れてくることができて良かった。

これからどうなるかはわからないにしても、森を知ることはユナンの子として生まれたからには必要なことだったんだと安心できた。

「それから、えっとね……うさぎさんと、みつばちさんが」

あまりにいろいろなことがありすぎたせいか、なにからユナンに報告すればいいか気持ちばかり先走ってしまってリリの口調がだいぶたどたどしくなってしまっている。

焦らなくていいよとその髪を撫でてやろうとした時、ふとメロが空を仰いだ。

夕暮れは色濃くなり、夜の訪れを感じさせている。

さっきまで湖の畔を駆け回って森の様子を話してくれていたメロが急に羽を閉じてリリとユナンに擦り寄ってきた。

『メロ？　寒くなってきた？』

羽を広げ、子供たちを覆う。

森には城のような柔らかなベッドはない。今日は無理でも、明日には枯れ葉や鳥たちの抜け落ちた羽で温かな寝床を作ることはできるかもしれないけれど。

「ははうえ。……ちちうえは？　ちちうえは、こないの？」

ユナンは息を呑んだ。

リリも、メロの言葉にはっとしたように突然周囲を見渡す。あたりは暗くなりはじめた森の中だ。スハイルの姿もなければ、リドルやスカーもいない。草木は寝静まる準備をはじめ、動物たちも夜行性のものたちが起きはじめてくる。

今までとは違う場所で、最初のうちは楽しくても――急に城が恋しくなってもおかしくはない。

もう城には帰らない。

もしそう言ったら、子供たちはどう感じるだろうか。

いくら森が楽しくても、父親のいない場所で過ごせと言われたら。

『――……メロ、リリ。よく聞いて』

羽の中に閉じ込めた子供たちに顔を伏せて、声を震わせる。

こういう時、ヒトの姿だときつく抱きしめることができるんだとユナンは初めて気付いた。この湖で一人で暮らしていた時は誰かをこんなにも抱きしめたいなんて思わなかったから知らなかった。

『わたしはもう、トルメリアには戻らない。だけどもしメロとリリが帰りたいというなら……』

送り届けることはできる。

でもそれは、ユナンと離ればなれになるということだ。そう告げることは心が裂かれるようで、息が詰まった。

それに、もう一度スハイルの姿を見たらどうにかなってしまいそうだ。

もし子供たちが父親に会いたいと言って泣き出したらユナンだって泣いてしまうかもしれない。だけどドラゴンの仔にトルメリアを継がせるなんて、きっとスハイルには良くないことだったんだろう。

スハイルに愛してもらえたことは幸福だった。ユナンだって、もう他に誰を愛せるとも思えない。

だけど、だからこそスハイルはきっと人間とつがいになって改めて子供をもうけたほうがいいんだろう。

それが、スハイルのためだ。

「ははうえ」

「ははうえ、なかないで」

リリの手がユナンの首にしがみついた。メロも短い前肢でユナンの胸を掻いて角を擦り寄せてくる。

子供たちにこそつらい気持ちにさせてしまっているのに、自分が慰められていれば世話がない。ユナンはぶるっと頭を振って頬に伝った雫を払うと、二人に微笑んでみせた。

『ありがとう。わたしは大丈夫。でも二人はもし城に帰りたかったら言って。トルメリアに戻ったら、ヒトの姿で生きることになるかもしれないけれど』

ヒトの姿をしている限り、スハイルは子供を邪険にはしないはずだ。子煩悩な父親だったから。

きっと――新しく后を迎えても、メロやリリにも気をかけてくれるだろう。

スハイルのことだから新しい后との子供は欲しがらず、二人に王位を継承するなどと言い出すかもしれない。もしそうなったら新たな后に申し訳が立たない。

申し訳が立たないと思うのに――ユナンの他にスハイルに愛される人間が現れたらと思うと、意地悪な気持ちに支配されてしまいそうになる。

こんな気持ちは、嫌なのに。

「ははうえ」

また暗い表情を見せてしまったユナンをメロが心配そうに覗き込む。ユナンは慌てて顔を上げた。

『ごめんなさい。ええと、今日のところはこのまま森で――』

眠ることになると、そう言いかけた時だった。

遠くで聞こえた微かな葉擦れの音に、ユナンはぴくりと羽を震わせた。

森がざわめき、眠ろうとしていた動物たちが駆けていく足音も聞こえる。

――人間が、森に踏み入ってきた。

今までも、トルメリア王国の猟師たちが狩りに来ることは何度もあった。彼らに姿を見られたことで、スハイルがユナンを討伐しに来たのだということからもそれは知っている。

だけど今日は、様子が違う。

そもそももう夜になろうとしているのに森に入ってくる猟師など今まではいなかった。

「ははうえ？」

『しっ』

子供たちを抱き寄せ、腹の下に隠すとユナンは耳を澄ませた。

ジジ様も様子を窺うようにしんと静まっている。

「――……だろうな、こっちで……」

聞こえてきたのは、男の声だ。

「ああ、間違いねぇ。たしかにこの森に向かって……そうだ、あの高い木の下に降りてったんだ」

「！」

野卑な声音の男の声は複数で、乱雑に草木を踏み荒らしながら真っ直ぐこちらに向かってくる。

目的は、ユナンだ。

包み込んだ羽の中で心配そうにユナンの顔を仰ぐ子供たちをどう守るか、まっさきにそれを考えた。

明るいうちに空を飛んで森に帰ってきてしまったのが悪かったのか。ジジ様の木めがけて降下したのを、人間に見られたのかもしれない。

あるいは――トルメリアに連れ戻されるのだろうか。

ユナンはともかく、子供たちはたしかにスハイルの血を継いでいる、正当な後継者だ。子供たちだけでも城に戻せと言われたら、反対する理由がない。少なくともスハイルはリリだけでも後を継がせたいと思っていたようだから。

『二人とも』

自分の震えを子供たちに悟られないように慎重に口を開く。潜めた声に、子供たちの真剣な眼差しが刺さった。

『わたしが合図をしたら、ジジ様のてっぺんまで飛んで行って。行ける？』

メロが先に肯いた。リリも。

ジジ様もそれでいいというように小さく葉を揺らした。

「おい！」

木の枝が折れる音とともに突然大きな声が聞こえて、小さな動物たちが一斉に逃げていった。

男たちはそれに見向きもせず、こちらを指さしている。

「いたぞ！　ドラゴンだ！」

人間は、四人ほど。どの男も見慣れない草で編んだような服を着ていて、手には武器を持っていた。剣や弓じゃない。鋼鉄でできた、長い筒状の武器だった。

おそれで、体が震える。

スハイルたちが湖に押しかけてきた時は、眠っているところへ虚をつかれた。気がついた時には取り囲まれていて、馬に乗った騎士たちには機動性もあったしとても逃げられなかった。

だけど今度は大丈夫だ。

ユナンは男たちが武器を構えるよりも先に尻尾で思い切り湖面を叩くと、勢いよく水飛沫をあげた。

『行って！』

開いた羽の下から、子供たちが飛び出す。

男たちが水飛沫に怯んでいる隙に首を伸ばして、ユナンは男たちに向かって咆哮をあげた。

「うわっ……！」

「チッ、濡れたか？」

男たちを存分に脅かした後で子供たちを連れて一度退散してもいい。だけど、ユナンには他に行く場所もない。だとしたら、この場所にもう二度と近付きたくないと思わせるしかない。

周囲の草木が湖の水で存分に濡れたのを見計らってから、ユナンはぐっと首を波打たせた。

火を吐くのは久しぶりだけれど、たぶんいけるはずだ。できるだけ森に燃え移らないように、男たちの近くで。

前肢を湖から出し、男たちに歩み寄る。男たちは武器が水に濡れたことを気にしているようだ。今のうちだ。

『グルル、……』

喉の奥が熱くなる。牙を剝き出しにして、男たちに炎を浴びせかけようとした、その時。

「おい、あれ――」

男の一人が、ジジ様の木を仰いだ。

『！』

男が指した先には、メロよりも大きく出遅れたリリの姿だった。

メロが慌ててリリを迎えに来て、髪をくわえて引き上げようとしているけれど。

「子供じゃん！　ドラゴンの生き血って、子供のでも効くんだろ？」

「子供のほうが効くかもな。こりゃ、高く売れるぞ」

男が武器を構える。

その先にいるのはユナンじゃなく、子供たちだ。

『ガアアアッ！』

瞬間、頭が真っ白になった。

鉤爪で地を蹴り、首を振り乱して男たちに突進していく。子供たちは決して傷つけさせない。たとえ、自分が捕らえられようとも。

子供に武器を向けた男を角にひっかけて投げ飛ばし、ユナンに武器を向けた男を尻尾で薙ぎ払う。後退った残りの二人に牙を向けて吠えると、一人がその場で尻餅をついた。

『――……この湖には近付くな』

息が上がり、体中が熱い。

男たちがまだ武器を構えでもしようものならすぐさま炎を吐こうと見回したが、泥だらけになった男たちは力なく呻き声を漏らしている。

人間は弱い。

できれば森を人間の血で汚したくないし、とてもトルメリア王国の人間には見えないけれどまさかということもある。スハイルの国の人間を傷つけたいとは思わない。

早く彼らが立ち去ってくれることを望みながら、ユナンは震えながらこちらを見下ろしている子供たちを仰いだ。

「ははうえ！」

メロが叫んだ。

その声が、短い破裂音で掻き消される。

どっと、背中に痛みが走った。

『来ちゃいけない！』

子供たちにそう叫ぶので、精一杯だった。

森の中に火薬の匂いが漂う。振り返ると男の構えた武器から煙が上がっていた。

「やった！」

「ドラゴンの生き血だ！　押さえろ！」

泥の中に座り込んでいた男たちがすぐに立ち上がって、縄を持って飛びついてくる。

『……！』

尻尾で追い払おうと身を捩ると、背中が焼け付くように痛い。鱗が剝がれ落ちるのがわかった。

「高く売れるぞ！」

湖へと一度逃げようと踏み鳴らした肢が、泥で滑る。男たちが尻尾を摑み、縄をかけて近くの木にくくりつけようとした。慌てて抵抗すると、ドロリとしたものが体を伝っていく。それを、男たちが慌てて掬い上げた。

「生き血に鱗……この調子じゃ、肉も売れるかもな！」

「ハハッ！　ここに縛り付けといて、血を抜くだけ抜いたらバラしちまうか！」

尻尾をばたつかせても、もう男たちは怯む様子もない。

ユナンが咆哮をあげ、炎を吐き出しても背後で血を器に掬っている男たちはどこ吹く風だ。ギラギラとした眼が、暮れていく森の暗がりに妙に光っている。

「ははうえ」

ジジ様の木に隠れた子供たちの泣きじゃくる声が、頭上から聞こえる。ユナンは力を振り絞って首を振り、こっちに来るなと祈るような気持ちで伝えた。

「剣持ってこい！」

男たちは活気づいて、さっきよりも声が大きくなっている。

静まり返った森の中に、男たちの声だけが響く。

「痛っ、鱗ジャマだなこれ」

「削(そ)いじまえよ」

「それより、先に血をいただこうぜ。ドラゴンの生き血は新鮮なほどいいっていうからな」

笑い声が響く。

縛り付けられた尻尾を引こうとすると木が軋み、背中に開いた傷からはとめどなく熱いものが流れてくる。

ユナンは牙の間からうなり声をあげて、せめて体が崩れ落ちてしまわないように踏ん張った。

子供たちを遠くに逃がす隙を作らなければいけない。それまでは、弱ったところなど見せられない。

「よし！　じゃあ乾杯するか！」

ユナンの血を両手に掬い上げた男たちが、楽しげに声をあげて集まりはじめる。

いっそ、血の祝杯に彼らが夢中になっている間に子供たちが逃げおおせたら——そう考えてユナンが息を潜めていると、空気の切り裂ける音がした。

『!?』

「ぐぁっ！」

ユナンが目を瞠るより早く、男の一人が声をあげて倒れ込む。

続いて聞こえてきたのは、蹄の音だった。

「リドル、スカー。殺すなよ。縛り上げて、ユナンと同じ目に遭わせてやれ」

西の空にのぼりはじめた月を背に、馬上の男の金色の髪が靡く。

暗い森で見る榛色の瞳は、ぞっとするほど澄んで、地面に倒れ込んだ男を見下ろしていた。

『……スハイル……！』

息を呑んで首を擡げようとするものの、背中の傷が痛んで思うように動けない。鱗もだいぶ剝がれ落ちて、急にヒリヒリと痛みはじめる。

スハイルの背後から矢のように駆けてきたスカーが大剣の柄で男たちを次々と打ち、這いつくばらせていく。

ただでさえスハイルに気圧されてたじろいだ男たちは、それでも二度ほど武器を発射させた。

しかしスカーはそんな音に怯むこともなく男たちの手から武器を蹴り上げ、あっという間にその喉元へ剣を突きつけた。

「――この御方はトルメリア国王、スハイル・フォン・トルメリアの后、ユナン様だ」

暗がりにスカーの赤い髪が燃えるようだ。

初めてスハイルたちが湖にやってきた時はこの赤い色が恐ろしいと思ったのに、今は安心する。

最初に倒れ込んだ男の手には矢が刺さっていた。スハイルの背後で、リドルが何食わぬ顔で弓をしまっている。

「スカー、無法者を縛り上げてください。ユナン様の数倍は苦しい思いをするくらい強く」

「ああ、任せておけ」

悲鳴をあげて逃げ出そうとする男を引きずり倒し、縄で縛り上げていくスカーの声は明るいものの、表情は見たこともないほどピリピリしている。

それは、スハイルも同じだ。

愛馬から無言で降りてきたスハイルはブーツが泥で汚れるのも厭わずにユナンのもとへ向かってくるとまずは尻尾を繋いだ縄を丁寧に解いた。

「ちちうえ！」

「ちちうえぇ……！」

ジジ様の葉を大きく揺らしてメロとリリが飛び出してくる。涙で声を震わせて。その声を聞くと急に緊張の糸が解けて、ユナンはその場に崩れ落ちた。

「ユナン！」

森に響き渡るような声でスハイルが叫ぶ。

首に回された大きな掌が、震えていた。

『——……大丈、夫……』

背中の傷も、魔力を使えばある程度は治癒することができる。スハイルの顔を見て、ホッとしただけだ。

そう言いたいのに、言葉が出てこない。

なにか言おうとすると、嗚咽が漏れてきそうだった。

自分一人では、子供を守ることもできなかった。

「は、ははうえ……ははうえ、っ……！」

か細い声をあげるリリを安心させてあげたいのになにもできない。意識が遠のいていく。

「ちちうえ、っ……ははうえを、たすけてあげて！」

すっかりヒトの姿ではなくなっているメロの必死な声はほとんどドラゴンの鳴き声だ。ユナンには聞こえるけれど、スハイルに伝わっているかわからない。

だけど、スハイルはメロとリリをしっかりと腕に抱きしめると強く肯いた。

「もちろんだ。……俺のたった一人の后を失うわけにはいかない」

スハイルの深い囁きが、鱗の剥がれた肌に染み込んでくる。

ユナンは自分をまだ后と呼んでくれるスハイルの顔を仰ごうとして、——気を失った。

ユナンが卵から孵った時、両親はこの森にはいなかった。

側にいてくれたのは湖の畔に立っていたジジ様の木だけで、ジジ様はユナンの両親は旅をするドラ

ゴンだから、卵を産み落としてすぐに旅立ってしまったんだと教えてくれた。

それが真実なのかどうかは知らない。

だけど、ジジ様がそういうんだからそうなんだとユナンはずっと信じてきた。

ドラゴンは長命だけれど、長く生きられるドラゴンは少ない。多くの場合は人間に狩られてしまうのだと聞いたことがある。

棲む場所を追われ、旅する間もヒトの姿に隠れているか森の奥に潜むか、ヒトが立ち入らないような洞窟（どうくつ）や火山で羽を休めるか――そうやって生きているんだと、旅をするドラゴンに教わった。

こんなに大きな体じゃ群れることもできないしな、と笑っていたあのドラゴンは今もどこかで健やかにしているだろうか。

ドラゴンは群れを作らないから、親子が一緒に暮らすなんてこともないんだろう。

だから、ユナンがリリやメロと離れて暮らしてもそれは自然なことなのだ。

ドラゴンなのだから、仕方がない。

『――……ん……』

鳥のさえずりにユナンが目を覚ますと森にはすっかり太陽がのぼっていた。

昨晩のことなどまるでなかったかのようにあたりは静まり返って、リスがジジ様の木を駆け回っている。

気候もよく、豊かな日差しを浴びた地面はすっかり乾いている。

澄んだ空気を胸いっぱい吸い込むと、自分が森に帰ってきたんだ、という実感が尻尾の先まで感じられた。

しかし次の瞬間、ユナンは勢いよく首を上げた。

『っ、！』

背中に鈍痛が走ったけれど、今はそんなことも気にならない。

メロとリリの姿が見えない。静かな森に耳を澄ましても、子供たちの無邪気な笑い声が聞こえない。気配さえも。

「子供たちなら、先に城へ帰った」

ともすれば傷を押して立ち上がり子供たちの姿を探しに行こうとしたユナンの背中を撫でたのは、スハイルだった。

ユナンの大きな体に凭れて一緒に眠っていたようだ。白いマントが土に汚れてしまっている。

『スハイル……』

「安全なら保証する。スカーとリドルがついているからな」

昨夜の強さを見たら、心配する必要もないだろう。

リドルには子供たちもなついているし、寂しい思いもさせないかもしれない。

――このまま、ユナンと離れて暮らすようになっても。

『そう、……ですか』

最後に一言、別れの挨拶を済ませたいところだったけれど、気を失っている間に連れて行ってもらえて良かったのかもしれない。別れの挨拶なんてきっとどんなに時間があっても尽きることはないだろう。

ユナンは背中の傷よりも痛む胸を押さえるようにして自分の体に尻尾を巻きつけると、スハイルに首を下げた。

『昨夜は助けていただいて、ありがとうございました』

「ああ。背中の傷はまだ痛むのか？」

鱗も剝がれてしまっているな、とスハイルがユナンの背中に触れて心配そうに顔を寄せてくる。

その吐息がかかるだけで、胸が詰まる。

いっそスハイルも夜のうちに帰ってくれていたら良かったのに。

『大丈夫です。自分の怪我も魔力で治せますから……それよりも、もう城に戻らなくては』

スハイルが毎日忙しいことはよく知っている。

日の高さからみて、もうじき昼になろうというところだろう。昨夜からずっと国王が城を空けているなんてあまりいいこととは言えない。

今頃宰相が歯ぎしりをしながら苛々していることだろう。想像に難くない。

「そうだな、ユナンも気がついたことだし……そろそろ帰るとするか」

まだ心配そうに背中を撫でていたけれど、ふと息を吐いたスハイルが体を離す。

まるで、心を引き千切られるかのようだった。

今までお世話になりましたとか子供たちをよろしくお願いしますとかいう言葉が次々に浮かんできては、ぐちゃぐちゃに掻き消されていく。

なにも、言葉にすることができない。

ユナンはただ黙って顔を伏せ、目をつむった。

こんなにいい天気なのに、心の中は真っ暗で塞いでいる。

「ユナン」

自分のためにスハイルが服が汚れるのも厭わずに側にいてくれたというだけでも幸せなことなのかもしれない。

だけど最後になると思うと、その顔を仰ぐことはできない。

「ユナン。……大丈夫か？　やはり、まだ人間の姿になるのはつらいか」

じっとうつむいたままスハイルが立ち去るのを待っていたユナンの顔を覗き込んできた榛色の目に、思わず顔を上げる。

『え？』

「ドラゴンの姿でこの傷だからな……人間の姿になったら、やはり体に障るか」

無理はしなくていいとユナンの角をいつものような優しい手で撫でて思案げにため息を吐いたスハイルを仰ぐ。

ヒトの姿で見送って欲しい——ということだろうか。

何故そんなことをさも当然のように求められるのかはわからないが、必要であればヒトの姿になることはできる。傷はまだ完治していないし、鱗の剝がれた部分もヒリヒリと痛むかもしれないけれど。

スハイルはやはりヒトの姿をしたユナンを、その姿だけを愛したということなのだろうか。

そう思うと、気持ちが沈んでくる。

このまま湖の底で眠ってしまいたくなるくらい。

『……スハイル、申し上げたはずです。これがわたしの本来の姿だと』

「もちろん、それはわかっている。しかし、ドラゴンの姿は目立つだろう。あんなに早く空を飛べるはずのお前が俺の馬に合わせて歩いて帰るというのも面倒だろうし――」

近くで草を食んでいたスハイルの愛馬が、呼ばれたかというように顔を上げてこちらを見た。

そういえば昨日、スハイルたちがあんなに早く森に駆けつけたのは意外だった。

ユナンの激しい咆哮がトルメリアにまで響いたとして、それを聞いてから国を出発したのではどんな駿馬でも辿り着くことはできなかったはずだ。

ユナンは急に混乱して、何度か瞬きを繰り返しながらスハイルの顔を見つめた。

「メロやリリと一緒にお前のことも昨晩のうちに運べたら良かったんだが、俺たち三人ではドラゴンの大きな体を城まで連れて行くことは難しくてな」

馬に乗るドラゴンなんて聞いたことがない。ドラゴンが馬を運ぶほうがよほど現実的だ。

だけど、そういう問題ではなくて。

『ええと、……スハイル？』

なにから尋ねたらいいかはわからないけれど、とにかくスハイルはユナンを連れ戻すつもりらしいということだけはわかる。スハイルの暮らす、あの城へ。

もうユナンが災厄をもたらす存在じゃないということは証明できたはずなのに。むしろ森にいるほうが、ユナンにとっては危険かもしれない。昨日のあの男たちのような人間がまたいつやってくるかわからないのだ。それはスハイルたちが湖にやってきた時から言えることだけれど。

「だから、言ったんだ。お前がドラゴンだと知られたら、どんな危険な目に遭うか知れない。お前や子供たちにとっては窮屈な思いをさせてしまうかも知れないが――できるかぎり人間の姿でいてほしいというのは、そういう意味だ」

硬い鱗に覆われた鼻先の長いユナンの顔を両手で包み込んで見つめるスハイルの眼差しは、いつもと変わらない優しいものだ。

ユナンがドラゴンの姿でもヒトの形をしていても、スハイルが態度を変えたことなんて一度もない。触れる手付きは優しく、真っ直ぐ目を見つめてくれる。

「それをあんな無防備な姿で森まで飛んで行くなんて……お前が傷つく前に駆けつけてやることができなくて、本当にすまない」

鼻先に額を寄せたスハイルの声が、昨夜のことを思い出したように震えている。

ユナンがあの男たちに見つかるよりもずっと前に――きっと、ユナンが城を飛び立った次の瞬間にはもう、スハイルは追ってきてくれていたんだろう。

そうでなければ間に合っていなかった。そうだとしたって、きっとすごく馬に無理をさせて全速で駆けてきてくれた。

ただ、ユナンを連れ戻すためだけに。

ユナンはスハイルの言うことを勘違いして勝手に城を飛び出してきたというのに。

ユナンはこみ上げてくるものをぐっと抑えて、スハイルの手を握ろうとして——自分がまだドラゴンの姿だったことを思い出した。

『スハイル』

ゆるりと首を振ってスハイルの手を離れると、ユナンはぐっと体を縮め、尻尾をするするとしまいこんでヒトの形になった。

「痛っ……、」

「ユナン！　大丈夫か」

ヒトの姿になると背中の傷は刺すように傷んだけれど、慌てて抱きとめてくれたスハイルの腕の中に収まることができるのが、なによりも嬉しい。

ヒトの形ならば、スハイルの頬に触れることも——口吻けることもできる。

ユナンは眉を顰めて心配そうに顔を覗き込んでくるスハイルの顔を間近で仰ぐと、その頬に自分の鼻先を擦り寄せて笑ってみせた。

「もう、すっかり大丈夫です」

胸の痛みはスハイルに治してもらったから。

＊　　＊　　＊

背中の傷痕にスハイルの掌が触れる。

「……っ」

薬草を練り合わせた薬の冷たさにユナンが思わず身動ぐと、慌ててスハイルが手を引いてしまった。

「すまない、痛かったか？」

ユナンをうつ伏せに寝かせたベッドに屈んで顔を覗き込んでくるスハイルの過剰な心配がおかしくて、思わず笑ってしまったユナンは答えられずに黙って首を振った。

「沁みる薬ではないと聞いていたが……」

ユナンが肩を震わせて笑っていても、スハイルは至極真面目だ。ほとんど水のようなさらさらとした薬に鼻を近付けて嗅いでは、首をひねっている。

「もう傷は治っています。痛むはずがありません」

リドルが勧めた薬師の調合してくれた薬は、傷痕を目立たなくさせるものだという。ベタベタとせず、塗ってもらうとスッとして気持ちがいい。すぐに肌に染み込んで、心なしか肌も滑らかになってきたような気がする。

「本当に？　無理をしているんじゃないだろうな」

「無理なんてしていませんったら。わたしの魔力の効果はよくご存知でしょう」

とはいえ、体の深いところまで異物を埋め込まれた傷はユナンの魔力でも少しばかり時間がかかってしまった。

あの武器は銃というもので、火薬の力で鉛の弾を飛ばしてくる殺傷能力の高い武器なのだという。

結局、一度その鉛の弾を取り出してもらわなければ傷を治すことができなくて痕が残ってしまった。

リドルもスハイルもそれを気にしてこうして傷痕を消すために気を使ってくれている。

「お前の能力を疑うわけではないが、しかし……あんなに血を絞り出されて、こうして傷痕も残ってしまった」

あの夜のことを思い出すと、もう暦の半分も過ぎた今でも震えが走る。

それはスハイルも同じようで、ユナンの背中をもう一度撫でては表情を翳らせた。

「スハイルのせいじゃありません」

ベッドから身を起こし、まくり上げていた服を直してスハイルの顔を覗き込む。苦笑を浮かべてユナンの髪を撫でたスハイルが、気を取り直すように小さく息を吐いた。

「あの不届き者たちは定住する国を持たず、密猟して歩いている旅団の一味のようだ。ようやく沙汰が決まったから、これからはトルメリア国で刑に服してもらうことになるが……あいつらのような密猟者が他にもいるのだと思うと、ぞっとしないな」

ユナンを傷つけ、嬉しそうに血を呷っていた彼らのことを思い出すとスハイルの表情が歪んでしまうのもわかる。

あんな密猟者がいることがわかっていたからこそ、スハイルはユナンたちにドラゴンの姿を隠していろと言ってくれていたというのに——しっかり話し合うこともせずに城を飛び出してしまった自分が恥ずかしい。

謝るべきなのは、本当ならばユナンのほうだ。

子供たちまで危険に晒して、ただでは済まない。そう言って何度も謝ろうとしているのに、そのたびにスハイルに「お前が無事で良かった」と抱きしめられてしまう。

迷惑をかけてしまっただろうスカーやリドルたちには誠心誠意謝ったけれど、スハイルに謝れないことを相談すると笑われただけだった。

とはいえ、笑って済ませてくれるのはその二人だけだ。

スハイルがユナンを追って西の森に向かい、国王自ら密猟者と一戦を交えただなんて前代未聞だと宰相たちはお冠を曲げている。

「そんな顔をするな、もう大丈夫だ。密猟者は積極的に排除するよう、近隣諸国とも連携を強化する」

項垂れたユナンが密猟者を怖れていると思ったのか、スハイルが励ますようにそっと肩を抱き寄せた。

「本当に、なにからなにまですみません。……わたしが勝手なことをしたばっかりに」

「気にするな。密猟者のことは以前から問題になっていたんだ。それに、お前のおかげで今後狙われるドラゴンが減れば良いことだろう？」

「それはわたしではなく、スハイルのおかげなのでは？」

肩を抱き寄せられて近くなった距離でスハイルを窺うと、あどけない、無垢な瞳で見つめ返された。

スハイルはたまに驚くほど子供っぽい表情を垣間見せる時があって、それが心を許してくれているせいなのかと思うと胸がぎゅっとなる。どうして一時でもこの人と離れていられると思ったのかと、自分でも不思議だ。

「まあ、それは……いやでも、お前のために本腰を入れようというのだから、お前のおかげだろう」

「でも以前から問題になっていたと、……！」

言葉の途中で、短く唇を吸い上げられた。

驚いたユナンの頰が、一瞬にして熱で燃え上がる。

脈絡もなく口吻けられるのなんて初めてで、突然騒ぎ出した心臓が口から飛び出してきそうだ。

「な、なにを、急に……！」

熱くなった顔を伏せて体を丸めても、肩を抱いたスハイルの腕から逃げ出そうという気にはならない。唇から熱が伝播して、全身が汗ばんできているけれど。

「はは、すまない。お前が意地でも認めないものだから」

「だ、だからって……！」

心臓はうるさいし湯浴みしたばかりの体は汗ばんでしまったし、呼吸もしづらい。

頭が真っ白になってしまって話していたこともなんだかどうでも良くなって、ユナンは傍らのスハイルの肩を小突いた。スハイルは笑ってばかりだ。

また、こうして一緒にいられて嬉しい。

スハイルもそう感じてくれているんだろう。

「……もう二度と、勘違いして勝手に腹を立てて出て行くなんてことは、しません」

小突いたばかりの肩に頭を預けて、誓いを立てるように深くつぶやくとスハイルがその頭を抱くように優しく撫でてくれた。

「ああ。俺も忙しさにかまけてお前に誤解されないように気をつけるよ。……もう、お前と離れているのは御免だからな。お前を追って馬を走らせている間、本当に気が気じゃなかった」

頭を抱き、膝の上で自然と重ね合った手の指を絡めながらスハイルが息をついた。

今ここに愛しい相手がいるという安心感は、ユナンも同じだ。絡め取られた指を、ぎゅっと握り返す。

「そうだ、ユナンも帝国へ一緒に行かないか」

「え？」

思わず顔を上げると、スハイルはそんなユナンの反応は想定していたというように微笑んでいた。

「同盟締結のために帝国に行くと言っていただろう？」

もちろん覚えている。

その際にリリだけを連れて行くという話からユナンがスハイルに対する不信を募らせたのだから。

だけどユナンの傷が完治するまでは延期だとスハイルが言い出したものだから、その点でも宰相たちは頭を抱えているようだ。ユナンは大丈夫だからと何度も言ったのだけれど、スハイルは頑として聞いてくれなかった。

それが、ユナンも帝国に連れて行くなんて話は初耳だ。

そのつもりで、傷の完治を待ってくれていたのだろうか。

「お前と一時でも離れていることはできないと骨身に染みた。どうだ、俺たち四人で帝国に行くというのは」

「スハイル……」

四人で、と言ってくれたことがなによりも嬉しい。

もちろん、メロも森での一件以来どうしてドラゴンであることがヒトに知られたらいけないのかがわかったようで、最近は羽や尻尾を出さないように努力している。出てしまっても、急いで隠したり引っ込めるように慌てているようだ。

それはそれでなんだか可哀想な気もするけれど、危険な目に遭うよりずっといい。

「それから、俺たちの寝室も広くする予定だ」

「寝室を？」

唐突な話の展開に、喜ぶ間もなくユナンは目を丸くした。

帝国に一緒に行けることは嬉しいけれど、寝室を広くすることと一体なんの関係があるのか。寝室は今でも十分広い。ユナンは思わず室内を見回した。

「寝ている時くらい、ドラゴンの姿に戻りたいだろう？」

室内に視線を一巡させた後に窺ったスハイルの顔は、ばつの悪そうな苦笑を浮かべていた。

まるで、今まで気付いてやれなくて申し訳ないとでも言うかのような。

「そんな、大丈夫です。ドラゴンの姿が本来の姿だとは言いましたが、ヒトの形をしているのが窮屈というわけではないし――それに……」

スハイルに気遣わせたことが申し訳なくて早口でまくしたててから、ユナンははっとして口を噤んだ。

「それに？」

勢いで口走ってしまったほうが楽だったかも知れない。

また熱くなってきた頬を掌で押さえて視線を逸らそうとすると、顔を覗き込まれた。スハイルが意地悪でそうしているわけじゃないというのがまた、恥ずかしい。

「……ドラゴンの姿をしていたら、口吻けもできないし……」

覗き込む視線から顔を背けてぽつりと小さな声で続けると、隣でスハイルが息を呑んだのがわかった。

すぐになにか言ってくれればいいのにそれきりスハイルは笑ってくれるでもなく、ユナンは恥ずかしくていたたまれなくなって顔を覆い隠そうとした。顔から炎が立ち上りそうだ。

「ユナンは口吻けがしたいのか？」

顔を隠そうとしたユナンの手をやんわりと押さえたスハイルがようやく口を開いたかと思うと、耳元に甘い声を寄せてくる。

そんな声でそんなことを言われて、背けるわけがない。

意地悪だ、と小突いてやろうにも手を押さえられている。首を左右に振るのも、誤解されてしまっては困るし。口吻けしたいというのは本当なのだから。

「俺は、……口吻けだけではなく、もっとお前に触れたいと思っているよ」

捕らえられた手首を引かれて、スハイルの柔らかな唇が触れる。

それだけで背筋までぞくぞくとしたわななきが走って、ユナンは首を竦めた。

「メロやリリたちに、妹や弟を作ってやるというのはどうかな。……また俺との卵を産んでくれる？」

「す、……スハイル……」

おそるおそる視線を上げると、スハイルは少し濡れたような目でユナンを見つめていた。

どちらからともなく寄せた唇の間にこもる息が熱っぽい。

初めて交尾して以来、すぐに卵を宿してしまったしそれ以降はこうして二人きりの時間もなかった
し——あの時の快楽を不意に思い出すと、急に体が疼いてくるようだ。

震える唇を自分から押し付けることができずにためらっていると、スハイルの腕が腰に回ってきた。

「あっ、……」

ベッドに倒れ込むか、と小さな声をあげた、その時。

「ちちうえ!!」

勢いよく扉が開いて、ユナンは思わずベッドから立ち上がった。

そこには、ここまで駆けてきたのだろうメロが頬を上気させて立っていた。目はキラキラと輝いて、
溌剌とした表情だ。

どうにもいかがわしい空気の中にいた自分が急に恥ずかしくなってユナンがどぎまぎしていると、
まだベッドに腰を下ろしたままのスハイルが大きくため息を吐いた。

「ちちうえ！　めろのこと、おどろかせてみて！」

たたっと軽やかな足取りでベッドに駆け寄ってきたメロは、顔を押さえているユナンの様子など気

にもせずスハイルに両腕を広げてみせた。

「驚かせる？」

「うん！　もう羽もしっぽも出ないから！　すかーに、おうぎをおそわったから！」

奥義、とはまた大層な話だ。

スハイルも目を瞬かせてから感心したように肯いている。

「すごい自信だな。でも、今から驚かせるぞといって驚かされても驚かないだろう？　今度、メロが忘れた頃に思いきり驚かせてみようかな」

スハイルが身を乗り出してメロを脅かすように言うと、メロは「あっそうか」と素直に納得して、首が千切れそうなほど大きく肯いた。両手は拳を握りしめて、気合い充分といった様子だ。

「いいよ！　ぜったいしっぽ出さないから！」

ずいぶんな奥義を教わったらしく、自信満々なメロは尻尾の生えていないお尻をふりふりっと振った。その仕草を見てスハイルも楽しみだと大きく口を開けて笑う。

一時はどぎまぎしてしまったユナンだけれど、その睦まじいやり取りを見ていると頬が緩む。

「じゃあこんど、ぜったいにおどろかせてね！」

待ってるから、とメロはそれだけ言うと来た時同様、勢いよく踵を返した。

「えっ？　メロ、どこに行くの。もう寝る時間でしょう」

レースのカーテンを閉めた窓の外では月が高くのぼっている。

思わずメロを引き止めてから、ついさっきまで夫婦の甘い時間だったことを思い出して内心首を竦めたけれど、とはいえ子供たちが寝る時間であることは変わらない。メロだって今は興奮しているものの、次の瞬間には糸の切れた人形のように眠りに落ちてしまうかも知れないのに。

「めろ、今日はりどるとねるの！」

今度驚きの声をあげたのはスハイルだった。

たしかにリドルは子供たちの面倒をよく見てくれているけれど、まさか夜も一緒に眠ってくれるなんて。まさかメロが無理にお願いしたのだろうか。だとしても、メロがそこまでリドルになついているこにも驚いた。

「りりと、すかーもいっしょだよ。ちちうえ、はやうえ、おやすみなさい！」

あっけにとられたユナンたちをよそにメロはお行儀よくお辞儀をして扉の向こうに消えると慌ただしく廊下を駆けていく足音が遠ざかっていった。

「…………大丈夫でしょうか」

リドルやスカーたちの迷惑になっていないといい――と思う気持ちも本当だけれど、反面、純粋に子供たちが親離れしつつあることへの寂しさもまったくないとは言えない。

まるで嵐（あらし）のように去っていったメロの余韻に呆然となったユナンの手に、ベッドの上のスハイルが触れた。

苦笑して振り返り、一度立ち上がったベッドに身を沈めるとさっきよりも静かに感じる部屋の空気に思わずため息が漏れる。

「なんだかすっかりメロも男の子になってきたな。今日なんて、母上を守れるようになるって意気込んでスカーに剣術を教えてもらっていたらしいぞ」

「なるほど、そこで奥義を教えていただいたんでしょうか」

子供の面倒を見てもらうのはなんだか申し訳ない気もするけれど、ユナンを守るためだというメロの気持ちが面映い。

子供たちは西の森での一件から目に見えて成長著しくなったという気がする。実際に身長や手足も伸びてきた気がするし、ドラゴンの仔は成長が早いとはいえ精神的な成長が体の変化に繋がってみえるというのは不思議なものだ。

ユナンは自分の成長について覚えがないから、わからないけれど。

「……ひょっとすると、メロのほうが王の器かも知れないな」

「えっ？」

ぽつりとつぶやいたスハイルの声音は冗談を言っているようには思えなくて、ユナンは目を瞠ってスハイルを仰いだ。

スハイルも、うっかり口を滑らせたのだろう。口を手の甲で押さえて、少し眉を下げた。

「いや、まだどちらに継がせるかなんてことは具体的に考えていない。ただの印象だ」

それにしたって、スハイルはリリのほうを跡継ぎにと考えているものだと思っていた。

ドラゴンの仔だとバレる恐れがあるとはいえ、帝国にはリリだけ連れて行くと言っていたりなにかとリリを優先していたように感じていたから。

そう感じていたのはユナンだけで、メロは今の通りスハイルにも充分なついているし問題はないと思っていたけれど、正直意外だ。

どれだけ驚いた顔をしていたのか、目を丸くしたユナンに見つめられたスハイルは視線をさまよわせてから観念したように短く項垂れると、額を掻いた。

「ユナンは、俺がリリを贔屓(ひいき)していると感じたかも知れないけれど、そんなことは決してない。どうしてそう見えるのか考えていたんだが——無意識にでも俺がリリに優しくしているとしたら、それはリリのほうがお前に似ているからだ」

珍しく照れくさそうなスハイルの口調に、ユナンは思わず背筋を伸ばして声を詰まらせた。

たしかに、どちらかといえばリリはユナンに似ている。髪の色も、肌の色も。対してメロはスハイルに似ていると常々思っていることではあったけれど——まさか、そんな理由でスハイルがリリを優遇していたなんて思ってもいなかった。

ぽかんと口を開けたものの、言葉が出てこない。

ひとしきり照れくさそうにしたスハイルの仕草もまた、なんだか可愛らしく見えてきて胸が締め付けられる。

「……俺にとっては、息子たちもそりゃあ大事な大事な宝物だと思っているが……それでもやっぱり、一番愛しいと思ってるのはお前なんだ、ユナン」

心なしか頬を染めたスハイルが伏せた顔から視線を上げてユナンを仰ぐと、言葉だけじゃなく呼吸まで詰まる。

そんな顔で、そんな目であらたまって言われてしまうとどうしていいかわからない。

衝動的にスハイルに抱きついてしまいたい気持ちもあるし、熱に浮かされたようにぼうっとしたままスハイルの言葉を大事に嚙み締めていたい気持ちもある。

ただ早鐘を打つ鼓動を抑えながら落ち着かない気持ちを持て余したユナンがスハイルを見つめ返していると、頰にそっと指先が伸びてきた。

「ユナン」

熱い頰に触れられると、自然とまぶたがとろんと落ちてくる。

衣擦れの音をさせながらスハイルが近付いてきて、ユナンは黙って身を預けた。

「なにも俺は、お前との子が欲しくて体を重ねたいわけじゃない。ただ、お前を愛したいだけだ。心だけじゃなく、体も、すべてを」

結果としてまた卵を宿すかどうかは、神の決めることだ。

ユナンは小さく肯いて、スハイルの背中に腕を回した。ユナンだって同じ気持ちだ。

初めてスハイルと交尾をした時、そうしたくてたまらなかったはずだけれど子供ができては困ると思った。だってスハイルはこの国の主だから。だけど、どうしてもこの人と繫がらずにはいられなかった。

これは口吻けだけでは伝えきれない、愛の証なんだろう。

「ユナン、今夜は俺たちだけだ。……たっぷりお前だけを愛したい。いいか？」

肌を撫でるようなスハイルの甘い声に、ユナンが抗えるはずなんてない。ユナンだってずっとスハイルを恋しく思っているんだから。

ユナンは締め付けられた胸の息苦しさに喘ぐように唇を薄く開いて、自分からスハイルへと擦り寄った。

「っ……スハイル、そんなところに口吻ける、んですかっ」

言われるがまま足を開いたはいいものの、唇から首筋、胸の上にさんざん口吻けたスハイルの唇が膝の間に這わされると、思わず足を閉じたくなってしまう。

そんなことをしたらスハイルの顔を挟み込んでしまうし、なによりも膝に添えられた手がそれを許してくれそうにない。無理強いされているわけではないけれど。

「うん？　嫌？」

「嫌、……という、か」

スハイルに口吻けられて嫌なところなどない――と言いたいところだけど、やっぱり排泄器官の近くに顔を寄せられるのは緊張してしまう。申し訳ない気持ちになるし、綺麗とは言えない。

「ユナンが嫌なことはしない。言っただろう？　俺はこの美しい体の隅から隅まで、口吻けたいと思ってるけど」

膝の内側に舌を滑らせるような濡れた感触を受けながらそんなことを囁かれると、なんだか変な気分になってくる。

体は熱いし、蕩けそうだ。

「隅から、……隅まで？」

たしかにスハイルの唇は顔から徐々に降りていって、今は膝にある。

このまま体の中心を通って足の先まで舐められるということなんだろうか。そう思うと、自分の想像が既にはしたないような気がして顔を覆いたくなってくる。

「そう。ユナンが、自分でも見たことのないようなところを見つめて、口吻けて、俺のものにしたい」

そう言いながら、スハイルの鼻先が腿の内側を滑り降りていく。

柔らかで過敏なその部分を時折強く吸い上げられると、それだけで思わず足先まで震えてベッドが揺れた。

「ぁ、っ……そんな、の、……っ恥ずかしい、です」

自分でも見たことがないところなんて、どうなっているかわからない。

もしかしたら背後の谷間の付け根にはメロと同じように尻尾の名残があるかも知れないし、湯浴みでどんなに綺麗にしていてもやっぱり口吻けるところではない気がする。

「ひ、……ヒトの交尾は、そう、するものなんですか」

内腿に吐きかけられるスハイルの息が熱い。

ユナンの足を開かせた掌は触れるか触れないかという優しさで上下に撫でて、肌を粟立たせている。

不意に足の付け根まで降りてきたかと思うとユナンを竦み上がらせて、また膝までのぼっていく。

「さあ、どうだろう。俺がしたいだけだよ」

そんなの、ずるい。

他の人間がどうするかなんて関係なくて、スハイルがユナンに口吻けたいのだと言われたらユナンだってそうされたくなってしまう。

恥ずかしいのも緊張するのも本当だけれど、スハイルのしたいようにされたい。自分の体がおかしくなってしまいそうなのに、それでもスハイルがきつく抱きしめてくれると思うと少しも怖くない。

「それとも――」

ちゅっちゅっと音をあげて短く内腿を吸いたてながら下降していったスハイルの唇が、ついに足の付根にそそりたつユナンの性器にまで辿り着く。

髪と同じ淡い色をした麓の叢(くさむら)に触れたスハイルの指先がその先端までつっとなぞり上げると、ユナンは鼻にかかった声をあげそうになって慌てて口を塞いだ。

以前交尾した時とは違う。

ここは城の居住区の一室で、廊下には誰かスハイルの臣下がいる可能性がある。

「角を舐められるのと、どっちがいいかな？」

「！」

口を塞いだ手を、今度は額に上げる。

前髪で隠したユナンの短い角を、スハイルに舐られた時のことを思い出すだけで体の芯がいやらしく疼いてしまう。交尾しながらされたせいなのか、あるいは角をそうされると感じてしまうのかはわからない。

でも、下肢に埋めた顔でユナンを仰ぐスハイルの表情を見ていると額の角までじんじんと熱を帯びてくるようだ。

「ど、……どっちも――」

嫌、ではない。

どっちも同じくらい、恥ずかしい。

「どっちもして欲しい？」

「っ、違……っあ、ん、く……ぁ、っあ、」

そうじゃないと言う間も与えられずに性器を口に含まれると、びくんと大きく腰を跳ね上げてユナンは目をつむった。

スハイルの柔らかな口内に過敏な部分を包み込まれると背筋をぞくぞくとしたものが走って、とてもじっとしていられない。それだけでは飽き足らずスハイルがユナンのものの裏側に舌を絡ませて先端を吸い上げてくるものだから、頭が真っ白になってしまう。

「ぁ、っあ……あっ、だめ、んぁ、あっああ、あ、あっ……！」

スハイルの顔の前で大きく足を開いているという、それだけでも十分恥ずかしいのにその中心から濡れた音が響いてくるとユナンは角を押さえた手で頭を抱えるように上体をうねらせた。

「いや、あっ……だめ、あた……っ頭が、おかしくなる……っ」

ユナンが嫌だということはしない――とスハイルは言ったけれど、ユナンがうわずった声で口走った「嫌」が本当に嫌だと思っているわけじゃないくらいはお見通しなんだろう。少しも唇を離してくれる気配もなく、それどころかユナンのものを咥えたまま顔を前後しはじめる。

「ん、っあ……！　ぁ、あ……ス、ハイルっ、だめ、ぁ、ああ……っ」

唇で扱かれる感覚と、唾液の溜まった口内に舐りあげられる感覚でユナンの意思に関係なく腰がひとりでに揺らめいてしまう。

それでなくても初めての交尾で覚えた快楽を、もうしばらく味わっていない。

スハイルと一つになる幸福感、少しばかりの息苦しさと目まぐるしいほどの快楽、自分の中身が掻き回されるという他では得られようのない淫らな刺激をユナンの体は知っている。

知らないまま行為をするのと、既に知っている体で行うことはまったく別だ。

体がもう、いやらしくなっている。

「んぁあ、っやぁ……っスハイル、……っスハイル、おかしくなる……っおかしく、なっちゃう……っ！」

ユナンの足を高く上げさせたスハイルの掌が腿の裏を撫で、双丘に及ぼうとしている。それだけでスハイルに次にどうされてしまうのか期待して、背後が収縮をはじめる。

スハイルの口内に溜まっているものが唾液だけなのか、あるいはユナンの種も既に混じりはじめているのかはわからない。

だらしなく開いたまま噤むこともできなくなった口を押さえることも忘れて、ユナンは頭を抱えた手が自然と自身の角に触れていることに気付かずにいた。

「う、あっ……んぁあ、あっ、ぁ、あ――……っ」

ひとりでに蠢く背後の蕾（つぼみ）の表面をスハイルの指が撫ではじめると、弾む吐息と一緒に甲高い声があがって、なにも考えられなくなる。

扉の向こうを誰が通るかも知れないだとか、自分でまるで慰めるように額の角を弄っていることも。

「あ、っ……ん、ぁ、スハイル……っスハ、イルっ……はぁ、っあ、もっと……も、っとぉ……」

ベッドから浮かせた腰に、スハイルが指を挿入してくるとユナンはますますはしたない気分になってうわ言のように繰り返した。

額に生えた小さな角を扱く指先まで汗ばんで、濡れれば濡れるほど感度が増していく。

「っは、……ずいぶんおねだり上手な后だな」

一度唇を離したスハイルの唇から糸が引いている。それをいやらしい気持ちで見下ろしたユナンの紅潮して蕩けた表情もまた、スハイルが見上げていた。

「ぜんぶ、スハイルが……っ教えてくれた、ことです」

「そうだったか？　俺はユナンをこんなにいやらしい体にしてしまったのか」

火傷しそうなほど熱い息を弾ませたユナンが角を弄る手を止められないまま恨みがましく睨（にら）みつけても、スハイルは笑っている。笑いながら、背後に挿し込んだ指をぬぷりと深くして腹の中側を撫でるように動かした。

「ん、っ！　ぁ、あ……っだめ、出ちゃ……っ出ちゃう、うぅ……っスハイル、っスハイル……出ちゃいます、もう、そこ……っだめ、っ」

内側を撫で上げる指先に駄目だと口走りながら、角を弄る手を止められない。頭の芯も体の奥も、痺れたように震えて高く抱え上げた足先が痙攣する。

「苦しいなら一度出していい。……ユナンがいやらしく果てるところを、見せてくれ」

糸を引く唾液と——あるいはユナンの蜜で濡れた唇を微笑ませたスハイルは指の本数を増やして、体内を暴き立てるように激しく抽挿しはじめる。

既に熟れはじめたユナンの中をそんなふうに掻き乱されたら、どうにかなってしまうのに。

「ぃ、やぁ……っ！　やめ、っ……見ないで、っスハイル、や……っだめ、だめ、っぁ、あ……っ出る、やだやだ……っぁあ、あ——……っ！」

腹の内側を執拗に擦られると、あっという間だった。

か細い声を震わせて腰をがくがくと揺さぶりながら吐精してしまったユナンは断続的に蜜を吐き出した後も呼吸を詰まらせながら、熱に浮かされたような余韻の中に浸っていた。

「自分で角を弄りながら気をやってしまうなんて。……まったく、煽られる俺の身にもなってほしいな」

頭がぼうっとして、天蓋を仰いだ目はうつろに開いているものの焦点が合わない。その視界に体を這い上がってきたスハイルの恍惚とした表情が飛び込んでくるとはっと我に返った。

抱え上げられた腰の下に、スハイルの熱いものが擦り寄っている。

「……っ待、……あの、ぁ、今……出したばっかり、で」

体の中がまだびくびくと痙攣している。そんなところに剛直を突き入れられたら体も頭もおかしくなってしまう。

怯えたユナンが弱々しくスハイルの胸に手をつくと、それを押し返すかのように身を寄せられて——背後に、ぐっと先端を押し付けられた。

「ぁ、あ……っ」

それだけで、体が仰け反る。弛緩した舌が唇からこぼれ出したのをスハイルがやや乱暴に吸い上げると、反射的にユナンはその背中に腕を回してしまった。

「ん、ぁ……あ、ん……ん、ん……っふ」

どこか苦味を感じるスハイルの舌を自分のそれと絡ませ、夢中で繋がろうとする。混ざりあった唾液が唇の外にあふれてしまわないように逸らした喉を必死に上下させていると、また頭が混濁としてきた。

無防備に開いた下肢の間に、擦り寄せられたスハイルがぐっと腰を進める。

ただでさえ指で解きほぐされた部分が吐精の後でぬかるんだようになっていて、大きく反り返ったスハイルのものが思ったよりは容易に飲み込まれていく。

「っひぁ、——……っあ、あ……っ、入っ……！」

蕩けた柔肉をゴツゴツとした硬いものが分け入ってくると、それだけでユナンはすぐにまた蜜を噴き上げてしまいそうになって目を瞠って身悶えた。

口吻けた唇が離れてしまうとスハイルが少し苦笑したような気がしたけれど、体の自由が利かない。スハイルの背中に爪を立てて、意識が飛んでしまわないようにするので精一杯だ。

「苦しい思いをさせてるのは、わかってる。……しかしこんないやらしい姿を見せられて、我慢できるものか」

濡れた声で囁くスハイルの声も微かに震えていた。

ユナンの中に埋められたものが強く脈打って、彼の我慢を伝えている。ユナンが許しさえすれば、もっと乱暴に体を暴きたいところを手加減してくれているんだろう。

そう思うと胸がいっぱいになって――スハイルから乱暴に奪われることを想像すると恍惚を覚えて、ユナンは無意識に下肢を締め付けた。

「……っ！」

ぶるっと、スハイルの腰が震えた。

「スハイル、……っスハイル、……ぃ、いいです、いいから……」

縋るように背中を抱き直して、ユナンはどう言えばいいのか迷うように視線をさまよわせてからスハイルを仰いだ。スハイルは、ユナンの言葉を窺うように見つめてくれている。金色の睫毛の先が肌に掠めるほどの距離で。

「い、……いっぱい、してくれて……いい、です」

スハイルの、したいように。

羞恥で震える声を必死に紡ぎ出すとスハイルが瞬いた。

求められたい。スハイルの、后として。つがいの相手として存分に愛してもらいたい。

「して、……ほしい」

最後は、ほとんど声にもならなかったような気がする。だけど鼻先を擦りあわせるような距離に顔を寄せたスハイルには充分聞こえたようだ。

面食らったように声を詰まらせたスハイルはベッドについた腕で上体を起こし一度顔を遠ざけると、小さく息を吐いた。苦笑したのかも知れない。呆れられてないといいけれど。

「……言ったな？」

不安を覚えたユナンが言い訳じみた言葉を続けようとすると、それを掻き消すように、目を眇めて笑ったスハイルが低く囁いた。

――オスの声だ。

それだけで体の芯がぶるっと震えて、ユナンはぎゅっと目をつむると小さく肯くことしかできなかった。緊張で、あるいは期待で心臓が張り裂けそうだ。

すぐにスハイルの手がユナンの肩を乱暴に摑むとベッドに強く押さえつけた。いつもよりも強い力で触れられると、それだけで思わず息をしゃくりあげる。

ユナンが怖がっていると思われたくない。だけどそれを釈明しようとする前にいきなり腰を強く突き上げられて、ユナンの背中がベッドから浮き上がった。

「あ、……っぁ――……あ、あ……っあぁ、あっ」

思わず甲高い声をあふれさせたユナンの精が勢いよく噴き上がって枕元まで濡らしていく。スハイルはそれを見ていながらも容赦なく、先端を突き当てたユナンの最奥をそのまま掻き乱すように腰を打ち付けた。

「ひぁ、あぁ……っんあ、ぁあ、っん、あっ、あぅ、あ、あっ」

スハイルが身動ぐたびに発情したメスの声をあげながらユナンは必死に腕を回した背中に縋り付いた。突き上げられるたびに絶頂を迎えているような快楽の波が押し寄せてきて、口を閉じていることも、はしたない声を抑えることもできない。

「ユナン、……っユナン、もう決して俺から離れるな。もう二度と、お前を悲しませたりはしないと誓うから、……可愛い、可愛い、俺だけの后」

両手で押さえた肩を抱き竦めるように体を重ねたスハイルが切なげな声で繰り返しながらユナンの額に唇を付ける。

もう二度と離れないと、守ってくれたことが嬉しいと答えたいのにユナンは揺さぶられるがまま小さく肯くことしかできなくて、スハイルの胸に啜り泣く顔を埋めた。

「……っ、好きだ、愛している。ユナン、……ユナン」

荒々しい呼吸の合間に囁かれる自分の名前が、こんなにも焦がれるものだなんてスハイルに出会うまで知らなかった。スハイルにただ名前を呼ばれるだけで、こんなにも幸福になれる。

その熱い唇が濡れた角を舐る。瞬間、ユナンは足の先まで小刻みに痙攣した。きっと、スハイルを飲み込んだ背後もきつく締め上げてしまっただろう。

「――……っ！　ぁ、あ……っユナン、もう、出すぞ。俺も……」

きゅうと窄まったユナンの中で、抗うかのようにスハイルがひときわ大きく膨張したのを感じる。ユナンの中がスハイルでいっぱいになって自然と体内がざわめく。

「はい、っ……出して、……っ出してくださぃっ」

重ねた体の間はもうユナンが何度となく吐き出した蜜でどろどろに濡れている。ユナンの中も、スハイルのもので濡らしてほしい。ユナンは泣きじゃくるような声で何度も懇願して、自らもスハイルに腰を擦り寄せた。

「っ、は……ぁ、――……っ」

スハイルが息を詰め、ユナンの体に痕を残すかのように強く強く抱きしめる。体が軋むほどの強さがかえって嬉しくて、ユナンは息を詰め身を委ねた。

すぐに、熱いものが勢いよく注ぎ込まれてくるのがわかった。

こじ開けるかのように深く貫かれた最奥の腹の内側にスハイルの種を感じるとユナンは掠れた声をあげてがくがくと体を震わせながらそれを受け止める。

断続的に何度もに分けて大量に流れ込んできたスハイルのものは、しまいには後ろから漏れ伝い、ベッドに染みていく。なんだかそれが、もったいなかった。すべて飲み干してしまえたら良かったのに。

「はぁっ……っは、はぁ、……っユナン、こんなにしたら、また子供ができてしまうかな」

詰めていた息をようやく吐き出して弾ませたスハイルは、恍惚として脱力したユナンの顔を窺うと頰を擦り寄せてきた。産毛が擦れあう、今はそれだけで背筋がぞくぞくとわななないて足の先まで震えてしまうというのに。

「でき、ても……いいです、スハイルとの子なら……」

子づくりのためにに交尾をするのじゃなく、ただ愛を確かめ合うためだけに交尾をするのもいい。そんな行為を毎晩だってしたいと思うのも本当だけれど、だからって子供ができたら困るわけじゃない。スハイルとの子なら、それも愛の証だから。

「こんな時にそんなことを言うなよ。……もっと可愛がりたくなってくる」

スハイルの甘い言葉に力なく笑おうとしたその時、また額の角をぺろりと舐め上げられてユナンは思わず嬌声（きょうせい）を漏らしてしまった。

「やっ……だ、だめです……っスハイル」

まだ全身が過敏になっている。

スハイルに可愛がってもらえるのは嬉しいけれど、今はだめだ。そう言って弱い力でその胸を押し返そうとすると、背後に埋められたままのスハイルのものもまた力を帯びてきていることに気付いた。

「……っ」

驚いて顔を上げると、スハイルは照れくさそうな、ばつの悪い表情で笑った。

「はは、……でもこれ以上子供が増えたらますますお前と愛し合う時間が減ってしまいそうだな」

それは困る、と言いながらもスハイルの掌はユナン自身が噴き上げたもので濡れた胸の上を撫でて、さっきまで舌で転がしていた乳首を探し当てている。

「んっ……ぁ、スハイル、っ……」

「いくら子供が増えても、夜は俺だけの后でいてくれるか？」

いたずらな手を止めて、ふと目を覗き込んでくるスハイルの表情は真剣そのものだ。

ユナンは熱くなった吐息を飲み込んでわざと呆れたように笑うと、目の前の首筋に頬を擦り寄せた。

「またやきもちですか？」

こんなに深く繋がって、もう決して離れないと誓っているのに。

夜と言わず、朝も昼もユナンはスハイルのものだ。子供たちへの愛情とスハイルへの気持ちは違う。もっとたくさん口吻ければわかってもらえるだろうか。

「そうだよ。……俺は嫉妬深いんだ。メロやリリにだって、お前を渡したくない」

ユナンがまた笑いをこぼそうとすると、胸の上の飾りをきゅっとつまみ上げられて思わず甘い声が漏れた。

「ぁっ……も、もう……っスハイル、わかってる、くせに……」

こんなに切ない気持ちになるのが、スハイルにだけだということを。

たまにはこうして子供たちのいない夜を過ごしたいと、ユナンだって思っている。そのたびに子供を宿してしまっても構わないと思うくらい――愛し合いたいと思っていることも。

「わかっていても、お前の口から聞きたいんだ。お前が愛しくて気が狂いそうだ」

意地悪な指先にユナンが尖らせた唇を優しく吸い上げながら、スハイルがゆっくりと腰を揺らめかせはじめる。

一度注ぎ込まれたものがあふれ出し、下肢から糸を引くような濡れた音が響いてくるとユナンの体はあっという間に淫らに熱くなってきた。

喉を反らし、スハイルの背中に腕を回しながらユナンはうっとりと快楽に身を委ねながら唇を開いた。

何度だって言える。毎晩だって、視線を合わすたびにだって。

「大好きです、スハイル……あなただけを、愛しています。わたしは、あなただけのものだから……

もっとたくさん、愛してください」

＊　＊　＊

「ちちうえ、ははうえ！　じゅんびできました！」

勢いよく駆けてきたリリが、短いパンツに動きやすいシャツを着けた格好で誇らしげに両腕を広げる。

メロはまだ着付けてもらっている途中のようで、遠くから「りり〜」と情けない声が聞こえてきた。

「ふふ、よく似合ってるね」

リリもスカーに剣術を教えてもらうようになってからというもの、ずいぶんと逞しく溌剌としてきたような気がする。それでもメロのほうがやはり剣術の腕は上のようで、そのかわりリリはリドルに教えてもらっている座学が得意らしい。

スハイルはというとメロのほうが王位に相応しい、いやリリのほうがと日々気持ちが揺れているようだ。

「ぼくも、きがえました！」

慌ててリリを追ってきたのだろうメロはまだ襟の部分が乱れていて、すっかり子供たちの世話をすることにも慣れた女中たちが小さく悲鳴をあげて追いかけてきた。

その慌てた姿に大丈夫だよと掌を掲げてみせると、ユナンはメロの前にしゃがみこんで襟ぐりを直した。

ユナンに世話をしてもらったメロはどこかくすぐったそうに嬉しそうに、首を竦めて笑っている。

「メロ、約束は覚えてるな？」

それを背後から見ていたスハイルがわざとらしく厳しい声をあげる。

その不機嫌そうな演技の原因のわかっているユナンは苦笑するしかない。

「はい！」

しかしメロはビシッと背筋を伸ばして直立すると――この騎士然とした礼儀正しさを身に着けたのはスカーのおかげだ――真面目な顔でスハイルを仰ぐ。

「ドラゴンのしっぽは出さない、羽もだめ、あとえーっと……」

「炎もはかない！」

横からリリが追加すると、スハイルは大きく肯いた。

帝国との同盟が締結して国内での報告も済んで一息ついた今日は、ユナンとリリとメロ、スハイルの四人で西の森を訪ねる日だ。

ずっと忙(せわ)しない日を過ごしてきたスハイルがようやく時間に余裕ができるということで、国内の様子見も兼ねて――子供たちにもトルメリアの市井を見学させる意図もあって、のんびりと馬を走らせるということになった。

その提案を受けたのは数日前のことだった。

ずっとそうしようと思ってはいたんだ、とスハイルは言った。

ユナンを無理やりトルメリアに略奪してきてしまって、今となっては離れて暮らすことなど考えられないけれどたまには故郷に戻りたくもなるだろうと気にしてくれていたらしい。

とはいえ森には危険も多いし、密猟者がまだうろついている可能性もある。それでなくても王の后と王子たちだ。家族四人で水入らず――というわけにはいかないけれど、たまにはのんびりしようと言ってくれて、ユナンは何度もスハイルにお礼を言った。

「それだけじゃない、むやみに駆けたり飛んだり跳ねたりして、怪我もしないようにな。馬に乗っている間は特に注意すること」

はい、とメロとリリがそれぞれにお行儀よく返事をする。

もちろん彼らはまだ一人で馬に乗れないから、メロはリドルと、リリはスカーと馬に乗るらしい。

最近は子供たちがユナンだけじゃなくいろんな人たちと過ごす時間が増えてしまって少しばかり寂しい気もする。

ユナンはそっと自分のお腹を撫でて、小さく息を吐いた。

そういえば今朝はあまり食欲がなかった。森までは遠いし、しっかり食べておこうと思ったのだけれどいつもは美味(おい)しく食べられるスープの香りが気持ち悪く感じてしまって。

「ちちうえも気をつけてね！」

「！」

飲料水と携帯食の入ったカバンを肩にかけながらメロが不敵に言い出すと、スハイルが目を瞠った。思わずユナンもメロとスハイルを交互に見比べてしまう。

スハイルが森ではしゃいで転んでしまうなんて、到底想像できない。

「だって、めろたちのほうが森にくわしいもん！　ね、りり」

胸を張って鼻で笑ったメロの様子に気圧されたスハイルが、言葉を失う。

たしかに彼らは一度西の森に行っていて、鳥たちに森を案内されている。ジジ様の木とも仲良しだし、スハイルのほうが不利かもしれない。ただでさえ、西の森の草木や動物たちからしてみたらユナンを連れ去った人間と思われている可能性がある。もちろん、その後助けに来てくれたことも知っているはずだけれど。

「ね。でも、ちちうえにも森のことおしえてあげるからね」

リリが花のように柔らかな頬をほころばせて笑うと、スハイルが自身の額を押さえて小さく笑った。

「ああ、じゃあよろしく頼むよ」

ひきつったような笑みを浮かべたスハイルと視線が合う。

こうやって子供は親離れしていくものなのかと尋ねられたようで、ユナンも曖昧(あいまい)に笑い返した。

「陛下、馬の用意ができました」

リドルがいつも通りの涼しげな顔で現れると、メロがあっけなく踵を返してリドルの足元に飛びつ

いていく。

一抹の寂しさを覚えながらその後姿を眺めたユナンが腰を上げると、スハイルが隣に並び立つ。

「じゃあ、行くか」

ユナンの手をそっと握ったスハイルが、窺うように顔を覗き込んでくる。

「……はい」

ユナンはその眩しい人の顔に双眸を細めて、肯いた。

メロの初恋、
リリのやきもち

「――……時の皇帝、トルメリア様はこの魔術師を撃退し、この地に碑を建てました」

庭園を吹き抜ける風に、リドルの涼やかな声が流れる。

それを聞き漏らすまいとするように真剣な面持ちで身を乗り出したリリは、瞬きも忘れてしまっているようだ。

「それが、王城にある塔ですか？」

「はい。リリ様たちが住まわれている西の塔ではなく、奥にある小さな塔……戦碑の塔と言われている場所です」

うんうんと肯いて、リリは手元にある羊皮紙へ今聞いたばかりのトルメリア建国の歴史を書き留めた。

書物に記されていることをリドルが嚙み砕いて説明する。それをリリが自分の手で書き残しておくとさらに覚えやすいと教えてから、リリの知識量は目に見えて跳ね上がったように感じる。

ただ書物を読んでいた時よりも顔つきや、勉学に対する姿勢もまるで違う。

「……リリ様はずいぶん、文字を書くのも達者になられましたね」

しばらくリリの手元を眺めたリドルは書物に栞を挟んで閉じると、リリの正面に腰を下ろした。

「そうですか？」

「ええ。毎日熱心に勉強しておられる成果ですね」

リドルの言葉に、リリがはにかむように笑う。

薄碧色の髪に透けるように白い肌。淡い色の長い睫毛が縁取った目が細くなって、ふわふわと柔らかな頬がほどけていく。

リリのそんな表情を見ていると、リドルも思わずつられて唇が綻びそうになってしまう。

枢密院の冷血議長とも言われているリドルが、この可愛らしい王子の前ではかたなしだ。

「ご学業だけではなく、体もずいぶん大きくなられました」

やにさがりそうになった自分をごまかそうとして咳払いしながら言葉を続けると、リリが大きな目を瞬かせてこちらを仰ぎ見た。

仰ぎ見た――といっても、小柄なリドルとでは身長も同じくらいのものだ。

最近でこそ成長は穏やかになったものの、彼らが産まれて半年の間はめきめきと目に見えて大きくなっていくものだから本当に驚いた。

人間の赤ん坊は七日間くらいで立てるようにはならない。

同じ人間の形をしているようでも、彼らにはそうでないものの血が入っているんだと実感させられた。

とはいえ、この愛らしさの前ではそれを恐れるなんていう発想自体浮かんでは来ない。

「……ドラゴンはヒトよりも成長が早いんだそうです。でも、僕たちは半分父上の血が入っているから、他のドラゴンよりは成長が遅いようですが」

長い睫毛を伏せたリリの頬から笑みが消える。

もしかしたら、リドルがドラゴンを恐れていると――少なくとも異質なものであると感じた、と思ったのかも知れない。

たしかに彼らとその生みの親であるユナンは自分たちとは違う、異質なものだ。だからといって差別的な気持ちはない。今となっては。

「ユナン様は五十歳を越えているそうですが、ドラゴンは若い時分で成長が止まるのですか？」

「えっと……母上がおっしゃるには、ドラゴンで五十歳はまだ若いんだそうです。だから、もっとうんと年をとったら、母上もおじいちゃんになるんだと言っていました」

ユナンの老いた姿なんて、とても想像できない。

あのたおやかな姿のまま腰だけが曲がったところを脳裏に描くとなんだかおかしくて、リドルは耐えきれずに吹き出してしまった。それを見たリリの表情もぱっと明るくなる。

人の機微に敏感で、優しい子だ。

「ドラゴンがおじいさんになるまで、というと何年くらいかかるのでしょう」

閉じてしまった書物に目もくれず、今度はリドルがリリの話に身を乗り出す番だ。

文献によればドラゴンは千年も万年も生きると言われているけれど、ほとんど伝説や神話の類(たぐい)といっていい。リドルも西の森の湖でユナンを見るまではドラゴンなんて本当に存在するのか怪しいと思っていた。

時々ドラゴンが飛来していたという話を聞いても、せいぜい異常に発達した怪鳥でも目撃されたのだろうという程度にしか思っていなかったのだから。

「うーん……僕たちは、母上みたいにドラゴンについてよくは知らないのですけど……うーん……百年とか……？　もっとかな」

難しい顔で眉を顰めたリリが首をひねって指を折る。

母親譲りの柔らかな髪が庭園を吹き抜ける風に揺れた。

リリは本当にユナンに似ている。

彼らが物心ついて人間の姿を継続して保てるようになった頃にはもう、リリはユナンに似て、メロはスハイルによく似ていると誰が見ても明らかだった。

個々の性格が明確になってくるにつれ、リリは心優しいユナンにますますよく似て——リドルは少なからず、苦い気持ちを覚えていた。

ユナンは憎めない人物だ。

とはいえ、今でこそそう思うというだけでスハイルがドラゴンをトルメリアに連れて帰ると言い出した時は嫌悪感しかなかった。

スハイルがドラゴンを捕らえた塔に入り浸るたびに呆れたものだし、ユナンがスハイルに気心を許していくのがたまらなく嫌だった。

だけど、何度忠告したところでスハイルはユナンのもとへ通うのをやめなかった。

ユナンは美しい。

それは見た目だけでなく、人間とは違う無垢な心や聡明な面、すべてにおいてあの静かな森の湖を体現しているかのような清らかさがあった。

だから、怖かった。

スハイルとは幼い頃からの付き合いだ。彼がなにを見つめ、なにを考えているか手に取るようにわかる。

そのスハイルが、トルメリア王国以外のことに心を傾けるなんて考えてもいなかった。

スハイルの王としての手腕、武勇、そして端麗な容姿が諸国に広まるにつれて近隣からの見合いの話も増えた。それを篩い落としていたのもリドルだ。

それでもスハイルだっていつかは、どこぞの姫を娶るんだろうと思っていた。トルメリアの国王として。

まさかスハイルが国を顧みないほどただ一人のことを愛するようになるなんて、思ってもみなかった。

スハイルがユナンの前で笑うたびにリドルの心はざわめき暗い翳がせり上がってきていたことを、ユナンもスハイルも知らない。知らなくて構わない。今は、それで良かったのだと思えるのだから。

スハイルはトルメリアのためだけに生きる王じゃない。スハイルをただの一人の男にしたのは、ユナンだ。

それは、リドルでは決してできないことだった。

「リドル？」

スハイルと同じ榛色の目に覗き込まれてハッと我に返ると、リリがテーブルの上に身を乗り出してリドルの顔を窺っていた。

「すみません、うっかり思索に耽ってしまいました」

慌てて眼鏡の中央を押し上げるふりをして顔を隠す。

子供の目は純粋で、なにもかも見透かされそうで怖かった。

「ごめんなさい、リドルもお仕事で忙しいのに僕の勉強につきあってもらってしまって」

「いえ。これも私の――」

務めの内だ。

そう言い終える前に、地響きのような足音が猛烈な勢いで近付いてきた。

「！」

咄嗟に、席を立ち上がってリリを背後に回す。

当然だ。

リリはスハイルの子であり世継ぎでもある。

しかしそんなことよりなによりも、産まれた時から見守ってきた子なのだから。

以前は苦い気持ちを抱えていたとはいえ、リリが可愛い存在だと思うのも本心だ。

「リリ！　リドル～！」

しかし、リドルの緊迫をよそに庭園の向こうから響いてきたのは聞き馴染みのある、どこか間の抜けた声だった。

「メロ？」

思わずリリを振り返って、視線を交わす。

再び声のしたほうを見遣ると、大剣を抱えたメロがこちらに走ってくるのが見えた。

メロはこのところ、しばらく尻尾や羽を出しているところを見たことがない。それというのも、騎士たちに混じって剣技の訓練をはじめてからだ。

精神の鍛錬をすることで自身のコントロールができるようになった、とスハイルが我がことのように嬉しそうに言っていた。

「リリばっかりずるい！」

「え？」

すっかり騎士たちと同じ大きさの剣を抱えられるようになったメロが、猛烈な勢いで庭園に飛び込んできたかと思うと土埃で汚れた頬をむくれさせて金色の眉を吊り上げた。

突然飛び込んでくるなり非難されたリリが救いを求めるようにリドルを仰ぐ。すると、その視線を遮るようにリリとリドルの間にメロが立ち塞がった。

体を動かしているせいなのか、メロのほうが少しばかりリリよりも身長が高くなっているようだ。目線が、リドルよりも上にある。

「おれだってリドルと一緒に話したい！」

ふんっと鼻を鳴らしたメロは凛々しい顔で胸を張ったけれど――言っていることは、完全に子供の頃のままだ。

「おや、メロ様がそんなに勉強好きとは存じませんで。失礼を致しました。では今日はトルメリア建国の歴史から――」

「勉強はやだ！」

自分で立ち塞がったくせに、リドルが書物の一節でも読み上げてやろうとするや否や踵を返してリリの後ろに隠れてしまう。

リリも肩を竦めていつものことと笑っている。

そもそも、メロにだって世継ぎになる可能性があるのだから勉強から逃げてばかりいられても困る。とはいえ、勉強から逃げるだけでなく進んで剣技に取り組んでいるのだから小言をいうこともできない。

「メロ様は向こうで騎士たちと訓練していたのではないのですか？」

仕方なく小さなため息とともにリドルが書物を手放すと、メロはげんきんにリリの背後からさっと出てきた。

「そうだ、おれすごい技あみだしたんだ！　リリとリドルにも見せたくて！」

誇らしげな表情で剣を構えるメロの姿は、しばらく見ない間にずいぶんと様になっている。兄弟仲のいいリリもその姿を見るのは久しぶりのようで、ぐっと二の腕の筋肉を盛り上げて大剣を持つメロの姿に感嘆の声をあげた。

「すごい、メロ！　父上みたい！」

たしかに、母親似のリリに対してメロは父親であるスハイルにとてもよく似ている。

剣を構えて真剣な顔つきを見せると昔のスハイルと見間違うばかりだ。

父親に似ていると言われてメロも悪い気はしないんだろう。ますます得意げな顔で剣を握る手に力を込めると、肩を怒らせ、背中をうねらせはじめた。

「リリ様、こちらへ」

咄嗟に、身構える。

周囲の風向きが変わったような気がした。

ユナンやメロ、リリのおかげでもうドラゴンを禍々しい存在だなどとは思っていない。それでも、無意識のうちに尋常じゃない気配を感じ取ったリドルはリリの肩を抱いてメロから距離を取ろうとした。

その瞬間、ごうっと音がしたかと思うと、メロの握り締めた剣に炎が宿っていた。

「……っ！」

熱風が、リドルの頬を掠める。

メロが吐き出した炎は剣にまとわりついたまま、囂々と立ち上っている。多少の風では吹き消されないどころか、その熱量で周囲に風を巻き起こしてさえいるようだ。

庭園の草が、熱風でざわめく。

「メロ、危ないよ……！」

リリが怯えた様子で言っても、メロの耳には届いていない。

興奮でもしているのかメロの見開いた目は生来の青色に炎の影が映ってゾッとするほど艶やかに見えた。

——トルメリアは今でこそ平和な国だ。

周囲の国との諍いの種もない。

しかしもしメロが戦場に出るようなことがあれば、これは戦力になる。

スハイル譲りの剣術の巧みさと、ユナンから受け継いだドラゴンの血。これはメロにしかできない技だ。

陛下の侍従長ともあろうリドルが戦が起こることなど望んではならないことだけれど、火の粉を纏ったメロの姿を見ていると肌が粟立つようだ。

彼が、思う存分その腕を振るえる場所がもしあれば――と想像すると、胸が高鳴ってしまう。

「っし！　行っくぞー……！」

呼吸を整えたメロがぐっと顎を引くと、おもむろに剣を頭上に振りかざした。

「っ……お待ちください！」

まさか、あの剣を振るつもりか。

おそらく炎、あるいは熱だけでも飛ばされれば庭園の草木が燃えてしまう可能性がある。延焼し城の庭が火事にでもなったら大事だ。

リドルが慌てて声をあげても、すでに臨戦態勢に入っているメロの耳には届いていないようだ。

ここに盾があれば、と悔やんでももう遅い。

まさかリリと庭園で勉強をするだけなのに魔法避けの盾なんて必要になるとは思わない。

「メロ様！」

その剣が振り下ろされないように、リドルがメロの前に飛び出そうとした矢先。

「おい、メロ!!」

鋭い怒声で、メロの肩が大きく震えた。

振り返ったのは、リリのほうが先だ。

「スカー！」

弾む声。柔らかな頬をほんのりと桃色に上気させたリリが、目をキラキラと輝かせてスカーを仰ぐ。

――そう、まるでスハイルを見つめるユナンそのもののように。

「メロ、こんなところで技を放ったらどうなるか考えろ！」

大股で歩いてきたスカーが厳しい表情でメロを睨みつけると、メロの剣からみるみる炎が沈下していく。メロの感情に連動しているのかと思うほど顕著だ。

しゅんと剣の切っ先が下を向いたのをしっかりと確認してから、スカーが安堵のため息を吐く。

「……だって、技ができたから見せたかったんだもん」

「だって、じゃねぇ」

胸を張り、腕を組んだスカーに見下されるとメロが一瞬竦み上がったように見えた。

スカーの赤い髪はまさにメロが剣に宿した炎のようだ。刃のように鋭い眼差し、大剣のように重厚な声。

幼い頃からの付き合いであるリドルだからなにも感じないものの、大抵の人ならば震え上がってしまっても無理はないかもしれない。また、そうでなくてはトルメリアの親衛隊長なんて任せられるものじゃない。

「……ごめんなさい」

ぐっと下唇を噛んだメロが絞り出すような声を発して頭を下げると、リドルもホッとした。

もしかしたらメロが泣き出してしまうかもしれないと思った。

自分が軽率なことをしたとわからないような子じゃない。だから、きっと噛み締めた唇は叱られたことへの悔しさなどではなく、罪悪感や、純粋にスカーの威圧感に震えてしまう自分を堪えた結果だろう。

「もう二度とするな」

「はい……」

肯いて剣を鞘に納めるメロと、その姿を見守るスカーの様子はまさに師弟という感じだ。

先日はスハイルがその関係にやきもちを焼いて見せるほどだった。そんな様子をユナンに笑われて、王の威厳もなにもあったものではないという有様だったが。

騎士の絆は深い。

スハイルが親子以上の絆を感じて拗ねてしまうのもわからないでもない。メロは自分の息子なのにという気持ちと、スカーを大事な友なのにと思う気持ちと、両方だろう。

そして、スカーとメロを見つめるリリの曇った表情もそれらとはまた別のやきもちだ。

「だいたいトルメリアは今平和なんだから、技なんて披露する機会なんてないほうがいいんだぞ?」

メロの態度をふてくされていると思っているのかどうか、膝に手をついて屈んだスカーが語気を抑えて説くと、しばらくうつむいていたメロが顔を上げてはっきりと肯く。

その目には、国の平和を守ろうとする意志がはっきりと宿っているようだ。

驚いた。

いくら体の成長は早いとはいえ、リドルは彼らをまだ子供だと思っていた。

まして、勉強熱心なリリに比べるとメロはやんちゃなままだし、今だって考えなしに技を放とうとするのは子供だからだと。

しかしスカーを見つめ返す顔つきはしっかりとした——自分を陛下の後継者だと自覚している表情に見えた。

話に聞くところによるとスハイルはメロに大きな期待を寄せているらしい。もしかしたらメロが次期国王になるのかも知れないし、あるいはリリかもしれない。どちらにせよ、長命なドラゴンの血を引く王になる。その彼らがかたや智力（ちりょく）で、かたや武力で国の安定を守ろうという責任の重大さを理解しているのなら、こんなに安心なことはない。

「いつも言ってんだろ？　剣技は人を守るためのものだ。だから、正しい使い方をしろ。俺はお前が王子だから言ってるんじゃねぇ。見込みのある一人の男だと思って言ってるんだ」

スカーの優しい声に、ぴくりと肩を震わせたのはメロもリリも同時だった。

メロは誇らしげに目を輝かせ、鼻の頭を赤くしてさっきまで消沈していたのが嘘（うそ）のように背筋が伸びる。

反対にリリは、すっかりテーブルに視線を落としてしまっているけれど。

「トルメリアが戦で乱れることなんて望んじゃいねぇが、お前と戦場に立つならそれもいいと思う。それくらい、俺はお前のことを買ってる。だから磨いた剣の腕は、大事に使え。わかったな」

「はい！」

空気を割るような大きな返事は、完全に騎士団の一員のものだ。

とはいえ、メロはいつかその騎士団に守られる存在になるのだろうけれど。

その晴れやかな勇姿を一通り見守ってから、リドルは小さく息を吐いてすっかりうつむいてしまったリリの肩を叩いた。

「リリ様、休憩に致しましょう。メロ様とスカーも、よろしければ一緒にどうですか」

リリがリドルを仰いで微笑む。眉尻を下げて困ったように笑う弱々しさは健気で、つい応援したくなってしまう。

とはいえ、スカーとメロが熱心に剣技をしているだけでやきもちを焼くスハイルがリリのスカーへの気持ちを知ったらどう思うかと考えると頭が痛い。

一国の姫が騎士に淡い想いを寄せる――というのは物語などでもよく見る話で、それが実際に報われるかどうかは知らない。そもそもリリは姫ではなく王子だ。姫といっても差し支えないと思えるくらいには、リリは可憐だけれど。

「お茶を淹れて参りましょう」

「！　おれも手伝う！」

リリに助け舟を出すつもりでリドルが切り出すと、言い終えるか終えないうちに反応したのはメロのほうだった。

大剣を丁寧に立て掛けて、リドルの返答も待たずに駆けてくる。

「リドル一人じゃ四人分のお茶運べないだろ。おれも行く」

「私はそんなに非力に見えますか？　お茶くらいは運べますよ」

メロがリドルを非力な従者だと思っているとしたら、スカーの影響だろう。

リドルが冷ややかにスカーを見遣ると、スカーはようやくリリの消沈した様子に気付いたようで、こちらのことなど気にも止めていない。

実はあれでリリの気持ちに気付いているのかいないのか、リリのことは特別に感じているようなところもある。

もしかしたらメロがリドルの手伝いに駆けてきたのはそういう意味かもしれない。

「リドルが火傷（やけど）したら困るだろ？」

早く、とリドルの服を引っ張ってお茶を淹れに行こうとするメロの天真爛漫（らんまん）な様子からは、あまりそういった気遣いとは無縁のように思えるけれど。

「……さっき火を放とうとした人がそれを言いますか？」

リドルがわざと呆れたように言うと、メロは大げさに首を竦めた。


薄い陶器のカップに赤い花弁を散らしたお茶を注ぐと、ほんのりと甘い香りが立ちのぼる。

花弁の色が抽出されてお茶も赤く色づくし、甘い香りもリリの好みだ。

いつもは別の使用人が淹れてくれることが多いが、勉強の休憩時間にはこのお茶を楽しむことが多い。

もしかしたらリリがこのお茶を好むのはスカーを思わせる赤い色をしているからだろうか——というのは、さすがに考えすぎか。

茶器から最後の一滴までしっかりカップに注いで、リドルは曇った眼鏡を一度外した。

「あのさ」

眼鏡を外したところで突然声をかけられた。

手伝うなどと言ってついてきたわりには後ろで退屈そうに立ち尽くしていた、メロだ。

「……さっきは、ごめんなさい」

振り返ると、さっきまでの元気な様子はどこに行ったのかまた猫背になって視線を伏せている。

金糸をあしらったような長い睫毛に、すっと通った高い鼻梁(びりょう)。薄い唇以外の肌はまるでこの陶器のように白く透き通っていて、スハイルにとてもよく似ているけれどその中にあるあどけなさが少し危うく見える。

額には母親譲りの小さな角が生えていて、長い前髪から先端を覗かせている。

気付くと、それを見上げるくらいメロは大きくなっていた。ついこの間まで、リドルの背によじのぼって遊んでいたような子が。

毎日あの大剣を振り回しているのだから、服から覗く腕も筋張っていて逞(たくま)しい。リリは線が細いせいでまだ少年という印象しかないが、メロはふとした拍子に——それこそさっきスカーの前で見せた強い表情などを見ると、時折男っぽく感じる時もある。

今はしょげてしまっていて、まだまだ子供だと安心させられるけれど。

「スカーにお説教されて反省しましたか？」

わざと意地悪く言ってやると、ますます項垂れたメロが消え入るような声で「うん」とつぶやいた。

柔らかな金色の髪が目の前で揺れると、ついその頭を撫でてやりたくなってしまう。

父性か母性かわからないけれど、彼らが孵化した時から知っているのだ。親みたいな気持ちになってしまっていてもおかしくはない。

相手はこの国の王子だけれど、どうせ誰も見ていないのだし。

逡巡の後リドルがそっとその髪へ手を伸ばそうとした時、メロが尖らせた唇からうなるような声を出した。

「おれ、かっこいい技できたからリドルに一番に見せたくなっちゃって」

「私に？　リリ様に見せに来たのでは？」

髪を撫でることなく宙で手を止めたリドルが目を瞬かせると、メロが不意に顔を上げた。

まるで宝石で作られたかのような顔は、ただこちらを向いたというだけでも空気がぱっと明るくなるほど美しい。リドルはさまよわせていた手を引っ込め、慌てて眼鏡を掛け直した。

「うん、リドルに見せたかったんだ」

屈託なく双眸を細めて笑うメロは、まるで太陽の光をキラキラと乱反射させる湖面のようだ。

リドルが思わず眩しさに目を細めると、掛け直したばかりの眼鏡のつるにメロが手を伸ばしてくる。

そういういたずらをしてくるところが、まだ子供だ。

メロの手を阻もうとして手首を摑むと、自分よりずっと骨太なことに気付いてぎょっとした。

「おれ、リドルを守れるような騎士になりたいんだ」

「えっ」

思わず声が漏れてしまった。

驚いて目の前の顔を仰ぐと、目を細めたままのメロは微笑んでいる。だけど、冗談を言っているという顔じゃない。

「メロ様は、陛下になられるのでは？」

あるいは、世継ぎはリリに譲るということだろうか。

何にせよ騎士が守るのは侍従であるリドルではない。

「ん？　えっと、だからあの……」

思った反応ではなかったのかも知れない。

今度目を瞠ったのはメロのほうで、リドルに摑まれていた手を離されると、こんなつもりじゃなかったとばかりに頭を搔いて見る間に頬が赤くなっていく。

――なるほど、そういう意味か。

リドルは男にしては華奢だと言われることが多いし、政の中でも意見の合わない老害などから女のようだと陰口を叩かれたこともある。

そもそもメロの両親は男同士のようなものだし、子供の頃から遊んでいた相手が初恋の相手になるというのはままあることだ。

リドルにも身に覚えがあるように。

まだしどろもどろになって二の句を探しているメロに小さく笑うと、リドルはわざと大げさに澄ました調子で鼻の上の眼鏡を押し上げた。

「では、立派な大人になるために剣技もお勉強も頑張っていただかなければ」

「えっ、勉強？」

「ええ。優秀な騎士になるためには腕が立つだけではいけませんよ？」

あれでいてスカーだって戦略を練るための知能は高い。

リドルだって机に齧りついているだけではなく、いざとなれば陛下を守るための腕はある。どちらかにだけ長けていればいいというものじゃない。

そう言って諭そうとすると、メロがはぐらかされたことに気付いたのか、むっと眉を顰めた。

「そういう意味じゃなくて」

声を低めたメロが、ぐっと距離を詰めてくる。

リドルの背後には淹れたばかりのお茶が乗ったテーブルがあって、後退はできない。大人として従者として、逃げ出すというのもあまり得策じゃないか——と考えているうちに腕を摑まれてしまった。

驚くほど、大きな掌だった。

服を着ていれば華奢に見られはするものの、弓の鍛錬は欠かさないリドルの腕だって実はそんなに非力というわけじゃない。それなのに、ぐるりと指が回ってしまいそうなほど。

「リドル。おれ、もう子作りできるんだけど？」

「っ！」

思いがけない告白に、かっと顔が熱くなってしまった。

メロの赤面が移ってしまったかのようだ。

「ドラゴンは、孵化してから一年も経てば子作りできるようになるんだって。おれは父上の血も入ってるから完全なドラゴンってわけじゃないけど、でも――」

微笑みも消え、必死な顔つきになったメロがリドルの腕を引いて身を寄せる。

ぐっと押し付けられた下肢に、熱がこもっているような気がしてリドルは慌てて身を捩った。

背後の茶器がカチャカチャと音をたてて、お茶があふれたかも知れない。だけど今はそんなことを気にしている暇もない。

「っメロ様、おやめください」

あまりに突然のことで、鼓動が跳ね上がる。

ついこの間まで子供だったはずなのに、身を離すのが精一杯で腕を掴んだ手を振り払うこともできないなんて。

「無理にそんなことはしないけど……ちゃんと真剣に聞いてよね。おれ、リドルのこと本気でお嫁さんにしたいと思ってるんだから」

最後に一度だけぎゅっと強く腕を握った後で、メロがゆるゆると手を離してくれる。

本当に、無理強いする気はないようだ。

もし彼がその気になれば王子と侍従という立場を利用してなにをすることだってできるはずなのに。

「――……」

見上げたメロの表情は切羽詰まったような切ないような、泣き出しそうな熱っぽいような、見たこともない男の顔をしていた。

髪の色も目の色も、高い鼻も太い首もスハイルによく似ている。

薄い唇は笑うとスハイルを思わせたし、剣技に夢中になる姿だって昔のスハイルのようだ。

でも、メロはスハイルじゃない。

スハイルはこんな縋(すが)るような目でリドルを見ないし、少し失敗をしたくらいでリドルの前でしょげたりしない。リドルをお嫁さんにしたいだなんて間違ったって言わないし、――こんなに目が離せなくなるような天真爛漫な人じゃなかった。

スハイルを美しい人だと思ったことは数え切れないくらいあるけれど、こんなに眩しくて直視できなくなったことはなかった。

メロはメロだ。

小さい頃からリドルによじのぼって羽をぱたつかせるのが大好きな、ドラゴンの仔(こ)だ。

「リドル」

ぼうっとしてメロの顔を見上げていると、金色の睫毛を伏せたメロがちゅっと額に口吻(くちづ)けてきた。

「！」

「リドル、好き」

驚いて竦み上がったりドルの体を長い腕で包み込んだメロが、何故だか上機嫌で今後は頬へと唇を押し付けてくる。

「待っ……やめ、無理にはしないって……！」

抱き寄せられた体の間に腕を突っ張ろうとしても、思うように力が入らない。

頬から眼鏡のつるの上、額、鼻先、また反対側の頬へと何度も何度も吸い付かれると体の芯がむずむずとするような変な感じがして、口元が緩みそうになる。

「メロ様、っ！」

「だって、リドルにそんな顔で見つめられたら我慢できなくなっちゃうよ、おれ」

一体どんな顔をしていたのかなんて知らない。

ただ、何度も押し付けられる唇の優しさに体が熱くなってきて、しっかりと抱きとめてもらっていないとその場に崩れ落ちそうだった。

「ああ、もう……」

だけどそれを悟られてはメロはますます浮かれるだろう。なにせ、中身はまだまだ子供だ。

リドルは子供をあやすようなふりをして、しばらくされるがままになっていた。

＊　　＊　　＊

「……リドルたち、遅いね」

一方、庭園に残されたリリは沈んでいる気持ちを悟られないように顔を伏せて書物のページを弄んでいた。

リドルが戻ってくるまで勉強の続きでもしていよう——というほど勤勉なわけでもないけれど、今スカーと二人きりにされてもはしゃぐ気持ちにはなれない。

とはいえ、いくら書物に目を落としていてもちっとも内容は頭に入ってこない。

「リリは勉強してたのか？」

メロたちを待つことに飽きたのか、どっと音をたてて椅子に腰を下ろしたスカーがリリの手元を覗き込んでくる。

軽装とはいえ最低限の防具をつけたスカーが身動ぐと、鎧の擦れる重々しい金属音がしてどうしたってリリの心は跳ねてしまう。

スカーは大きくて逞しくて、側にいると呼吸をしているだけで胸の中まで焼けてしまいそうになる。

さっきメロが放とうとしたドラゴンの炎より、ずっとずっと熱い気持ちになる。

最初は強い憧れだと思っていた。

騎士として規律正しく、背筋を伸ばして剣を構える姿は今まで見たどんな美術品よりもどんな物語絵巻よりも美しいと思ったし、それは圧倒的な強さ故だと思っていた。

だけど一度公の場を離れるとリリやメロ、スハイルにさえ気の置けない友人のように振る舞うスカーの気さくさはリリの心を強く惹きつけた。

「ふーん……難しいことやってんだな」

「！」

　不意に太い腕を伸ばされて目の前のページをめくられると、ぎょっとして思わず仰け反ってしまった。

　べつに、スカーを避けたいわけではないのに。

　昔はあんなになついて一緒に遊んでもらっていたのに、ある時から急にスカーに触れるのが怖くなってしまった。スカーに触ろうとすると胸が苦しくなって息もできなくて、顔も熱くて頭もくらくら、なんだか泣き出したくなってしまってどうしても昔のように遊べない。

　リドルや、他の騎士とは普通に接することができるのに。

「ス、……スカーもお勉強しますか？」

　スカーと一緒に勉強できたら楽しいだろう。

　そう思っておずおずと切り出してみたものの、もしじゃあそうするかなんて言われたらリリが困ってしまうかも知れない。

　スカーと肩を並べて勉強なんて、なにも考えられなくなりそうだ。

「んー、兵法とかなら得意なんだけどなあ」

　ははは、と快活に笑い声をあげて眉尻を下げたスカーの太い指が、顎先を掻く。

　ついその指先を目で追ってしまってから、リリははっとして顔を伏せた。

スカーの指先を見ているだけでドキドキするし、それに少し掠れた甘い声を紡ぎ出すその唇が視界に入ると胸が締め付けられるようだ。

テーブルの下でぎゅっと手を握りしめて、リリは言葉を探した。

スカーともっとお話をしていたいのに、なにを話したらいいかわからない。

昔はなにを話していたんだっけ。もっと小さい頃は。

「――……」

小さい頃を思い出そうとすると、いつもメロと一緒にスカーと遊んでいたのを思い出す。

リリはいつも、メロと一緒だった。それは今でも変わらないけれど。

「リリ？」

うつむいて押し黙ってしまったリリの様子を窺うようにスカーがテーブルに身を乗り出した。

「……今度から、僕も剣術の訓練に行こうかな」

目の前が暗くなって、リリは無意識にぽつりとつぶやいていた。

「え？」

メロはいつも剣術の訓練に行っている。

だからきっとスカーの覚えもよくて、まるで騎士団の一人のように扱ってもらえるんだろう。

きっとメロなら、スカーと二人きりになってもいくらでも話が尽きないに違いない。剣術のこと、兵法のこと、さっき披露しようとした技のこと、いくらでも共通の話題がある。リリにはないのに。

「はは、そうだな。リリも基礎体力をつけるのは大事かもな？　リリはちょっと細すぎるようだから、筋力を――」

「っそうじゃなくて、剣を握りたいんです！　……メロみたいに」

　リリが顔を上げると、スカーが驚いたように目を丸くした。

　髪と同じ、紅玉のような色をした瞳が気圧されるようにリリを見つめている。

「リリが？　メロみたいに？　うーん……それは……えっと、それはだな……」

　うろうろとリリの額の二本角を往復したスカーの視線が、明後日の方向へ流れていってしまいには咳払いで濁される。

　不思議なもので、スカーが視線を逸らしているとリリは真っ直ぐスカーを見つめることができた。

　リリが本気だというところを見せなければならない。

　体力づくりならば広場でも走っていればいいかも知れないけれど、リリが望んでいるのはそうじゃない。騎士団の訓練に混ざって、一緒に剣を握りたいのだ。スカーと一緒に。

「えーっと……も、もちろんリリがやりたいと思うことは大事だし、俺としても大歓迎！　……だけど、個人的には俺は、勉強頑張ってるリリもすごいと思うぜ？」

　見るからに、あからさまに苦しい表情で答えたスカーが取ってつけたような笑顔を浮かべるとリリは思わず唇をへの字に曲げた。

「………」

　スカーは何でも顔に出てしまう。ユナンも、スカーは隠しごとのできないヒトだと笑っていたし。

「あれ、なんで不機嫌!?」

リリも露骨に目を据わらせてそっぽを向いてやると慌てたようなスカーが声を上ずらせた。その声にうっかり笑ってしまいそうになったけど、今はそれどころじゃない。

「僕には剣術は向いてないいって言いたいんですね」

「あー……」

つくづく、本当に嘘のつけない人だ。

言葉に詰まったスカーは口端を下げて首の後を掻いた手で頭を抱えるように項垂れてしまった。

リリにだってわかってはいる。自分が、メロのように大剣を振り回すことに向いていないことくらい。

どこでどう違ってしまったのか、あるいは生まれつきなのかわからないけれど、メロとリリはよく似ているようで違う存在だ。だから、ついメロを羨んでしまう。

リリもメロと同じように剣術に長けていたら良かったのに。

そうしたらスカーと毎日訓練できて、きっと話題も尽きなかったのに。

「まあ、たしかに……リリには不向き、だとは思う。ほら、前に一回剣を持たせたことあっただろ？その時怪我させそうになったの……覚えてるか？」

肩を落としたスカーに尋ねられて、リリは黙って肯いた。

とはいえ怪我はしなかったし、あれはリリが手を滑らせて剣先を落としてしまっただけだ。地面に突き刺さった剣先を見たスカーは青い顔をして飛んできて、リリが足を切っていないか、手は擦り剝いていないか、何度も確認してリリから剣を取り上げた。

スカーのあまりの慌てようにも驚いて、あれから剣は握っていない。

「それに、リリは勉強のほうが得意そうだろ？　自分に向いてるものを伸ばしていくってのは、いいんじゃねぇの。あのリドルだって昔はガリ勉でひょろひょろで、俺たちに走ってついてくるのもやっとだったんだ。けど勉強だけはできたから、効率のいい戦法を自分なりに編み出して、戦に出られるようになったし。リリもそういうの目指してみればどうだ？」

リリを真っ直ぐ見つめて穏やかな笑みを浮かべたスカーの表情は、騎士団の誰もが尊敬する団長の顔だ。

優しくて頼もしくて、力強い。

屈託ない少年のように笑ったかと思えば、こんな子供の機嫌を取ろうとして慌ててみせたり、王子という立場も気にせず接してくれたうえで、真剣にリリのことを考えてくれる。

誰だってスカーのことを好きになる。

リリも、そのうちの一人に過ぎない。

「そういやリドルも昔は俺に勉強しろってうるさかったっけな。あいつはスハイル……陛下を尊敬してたから、俺はしょっちゅう比べられてさ。じゃあ俺が勉強する代わりにお前も剣術やれってよく喧嘩になってな。まあ、今でも喧嘩はよくしてるけど……第一あいつ口うるさいだろ？　嫌味っぽいっつーか、いちいち俺をバカにしなきゃ気が済まねぇのかっていう――」

幼い頃のことを思い出しているのか、それともスカーの頭の中には今のリドルの顔が浮かんでいるのか。声をあげて笑うスカーの目の中に、リリが映ってはいるけれど見えているのはリドルの姿だ。

さっきまではメロのことを見つめていた。

スカーの心の中をリリが占める割合は、いくらもないのかも知れない。

こうして二人きりでいても。

「――……ごめんなさい、僕、帰ります」

胸がひどく痛くなって、リリは気付くと椅子を降りていた。

「リリ？」

「すみません、リドルにも謝っておいてください」

リリのぶんのお茶はメロが飲んでくれるだろう。

リドルとはまた明日も勉強していれば会えるはずだ。きっと聡明なリドルならどうして昨日帰ってしまったのかとも聞かれないと思う。

スカーだってきっと、リリが急に帰ったのは腹痛かなにかだと納得してくれる。

惨めな自分を一刻も早く自室の寝具の中に覆い隠してしまいたくて、リリは急いで踵を返した。

「ちょっ、……リリ！　待てって」

背後でガタガタとスカーが立ち上がる音がしたけれど、振り返りもせずに庭園を駆け出す。

気分が悪いのは本当だ。

自分でもどうしていいかわからない。病気でもないし、きっと庭園を逃げ出したら少しは楽になるような気がする。

気持ちが塞いで、心がとげとげして、なんだかひどい顔をしているような気がするし、そんな自分をスカーに見られたくない。

リリはもつれる足を必死で前に蹴り出して、居館へと急いだ。

「リリ！」

庭園を抜け出たところで、腕を摑まれてしまったけれど。

「どうしたんだ、急に」

スカーは息も切らしていない。

リリはこんなにも苦しいのに。

「……なんでもありません。急に、具合が悪くなったので」

「なら、そんな走ったらダメだろ？　俺が居館まで送って――」

「大丈夫です」

頑なにスカーを振り返らず声を張りあげたリリに、手首を摑んだスカーの手がぴくりと震えた。

きっとスカーと離れれば気分がだいぶましになる。離れたくないけれど、スカーがメロを追って庭園に来てくれた時はあんなにも心が弾んだけれど、今は一緒にいたくない。

リドルのように毎日顔を見られるというわけではないから、騎士が訓練しているところをわざとこっそり覗きに行くくらいスカーのことが好きなはずなのに。今は、その顔を仰ぐことができない。

「……ごめんなさい」

どうしたものかと困っているように黙ってしまったスカーの手を振り払うこともできず、リリはうつむいてつぶやいた。

すると背後から大きなため息が聞こえたかと思うと、スカーがしゃがみこんだのがわかった。

「ごめんなさい、じゃわからないだろ」

摑んだ手をあやすように上下に揺らされて、こちらを向けと促される。

スカーのお願いを無視できるほどリリは強くないけれど、おそるおそる体を向けはしても顔は上げられない。だって今の自分はなんだか泣きそうな顔をしているような気がした。

「僕の、……わがままなんです」

「わがままでいいぜ？　子供はたくさんわがままを言うべきだ」

スカーがここぞとばかりに、うつむいたリリの顔を覗き込んでこようとするので顔を背ける。

唇を尖らせてそっぽを向きながらも、スカーが触れた手首が熱くて、じわじわと腕や肩、背中にむずがゆさが広がってくるようだ。

「僕は子供じゃないので、わがままを言いたくありません」

スカーから注がれる視線と、その正体不明のむずむずとした感覚を振り払うようにぷるっと首を振る。

スカーがはっとしたように口を噤んで、少し仰け反った。

「あー……、すいませんでした」

たしかに、リリは子供かも知れない。スカーからしてみたら。

それこそ、孵化した時から面倒を見てくれているんだからどうしたって子供に見えてしまうのかも知れない。

だけど、リドルにはそう思われていてもスカーには思われたくない。

それも我侭も知れないけれど。

「でも大人ならなおさら、我侭言えるんじゃねぇ？」

軽く咳払いして気を取り直したスカーが、もう一方の手を伸ばしてリリの空いたほうの手も取ろうとした。

それに気付いて慌てて腕を引っ込めたけれど、逃げた手首を追ってスカーが身を寄せてくるのが恥ずかしくて、結局摑まれてしまった。

「そう、……なんですか？」

「うーん、多分な？　ほら、ユナン様はけっこう言ってる気がする」

我侭を言う大人の例を挙げるためかスカーが明後日の方向を向くと、ようやくリリはスカーの端正な顔を窺い見ることができた。

ユナンの名前を出されるとちょっと意外で、だけど大いに納得して思わず目を瞠る。

「そうかも」

「だろ？」

どこか得意げな様子で視線を戻したスカーがリリの顔を覗いても、今度は顔を逸らそうとは思わなかった。

ユナンのことに気を取られていたからかも知れない。

「母上は、父上にはわがままを言ってる気がします」

大勢の人の前では静かにしていることが多いけれど、家族だけになるとユナンは少し子供っぽくなる気がする。

メロはあれは母上が父上に甘えているからだと言う。スハイルも、ユナンが我侭を言うと少し嬉しそうにしているし、メロの言うことは正しいのかも知れない。

「闇雲に我侭を言うのは子供のすることかもしれないけど、大人は我侭を言っていい相手には言っていいんだよ。むしろ、言ってほしいかな」

しゃがみこんだスカーに顔を覗き込まれ、両手をそっと握られてお願いされたら断ることなんてできない。

触れ合っている場所が増えたせいでむずむずは余計に増えて、リリは弛緩しそうになる唇を何度も結び直した。

「……リ、……僕も、スカーにわがまま言ってもいいんですか？」

つい、子供の頃のように自分のことをリリと呼んでしまいそうになった。スカーにはそれを悟られて、微かに笑われる。

スカーが優しく笑うと、甘く蕩けるように目尻が下がってリリはますます胸が苦しくなる。

だけど、微笑んだスカーが小さく肯き返してくれるとそれもどこかに飛んでいってしまいそうなくらい嬉しくなって、胸は余計に苦しくなるけれど、スカーの手をぎゅっと握り返すとそれも耐えられるような気がした。

「スカーが、……リドルの話ばっかりするから、悲しくなりました」

それでも、我侭を言うのは怖い。

握り返したスカーの手に縋り付きたいような、だけどリリが縋り付いたりしたらスカーはそれを振り払えないだろうからいっそ自分から手放してしまいたいような、複雑な気持ちだ。

知らず、リリの手は震えていたのかも知れない。スカーが強く握り返してくる。

それに後押しされるように、リリは勇気を奮い立たせて声をあげた。

「それに、メロのことを買ってるって……すごく信頼してて、一緒に、戦に出たいって」

「だから、リリも剣の訓練したくなった？」

はっとしてスカーの顔に視線を戻すと、スカーは困ったようなはにかむような、複雑な表情を浮かべて首を傾(かし)いでいた。

メロが羨ましかったから剣術の訓練をしたかったのか、と言われたら、それももちろんある。

リリもメロのようにスカーに認められたら、きっと嬉しいと感じるだろう。

だけど――メロと一緒に訓練を受けたいわけじゃない。

大勢いる騎士団の一員に認められたいわけでもない。

リリが望むことは、もっと――。

「……ううん。リリも、スカーと一緒にいたいから、……それだけです」

「！」

はっと息を呑(の)んだスカーが、目を瞠った後ゆるゆると顔を伏せた。

せっかく握られていた片手を離されてしまったかと思うと、伏せた顔をスカーが掌で覆う。その耳が、髪の色が移ってしまったかのように赤く染まっている。

「あ、あの……わがまま言って、ごめんなさい」

訓練でもなんでもなくて、ただ一緒にいたいだなんて言ったらスカーだって困るだろう。

子供扱いされたくないくせに、ひどく子供じみたことを言ってしまった。もしかしたら呆れられたかも知れない。

どうしようと首を竦めたその時、急にスカーの腕がリリの腰に回ってきた。

「っ、!」

もう片方の手も離されて、逞しい両腕でぎゅっと抱きしめられてリリの呼吸は完全に止まってしまった。大きく見開いた目を忙しなく瞬かせ、声も息も出てこない口をぱくぱくと開閉させる。

スカーに抱きしめられるのなんて、いつぶりだろう。

少なくとも、子供の時以来だ。

今も十分子供だと思われているかも知れないけれど、でもこれは子供の抱っことは違う。少なくとも、リリにとっては。

「……今は一緒だろ？」

リリの胸に顔を埋めたスカーの声がくすぐったくて、むずむずしたものが全身を巡って頭の中までぼうっとする。

それに、昔からずっと聞き慣れていたはずのスカーの声が今まで聞いたどんな声よりも甘く感じられてどきどきする。その心音さえもスカーにはもう聞こえてしまっているだろう。隠すすべもない。

リリは離されたお手でおそるおそるスカーの肩を摑んで、一瞬でも長くこうしていられるように、スカーが自分から離れてしまわないようにと少しだけ引き寄せてみた。

「もっと二人きり、……が、いい、です」

自分でもなにを言っているのかわからない。

メロとリドルは戻ってきていないし、庭園を出たばかりのところはまだ草木が多くて、他に人目もない。他に誰もいないし来る気配もないけれど、もっともっと二人きりがいい。スカーを独り占めしたい。スカーの心の中まで、自分だけのものにしたい。

「じゃあ、今日はこのまま二人で散歩にでも行くか。ブリッツで遠出してもいいし、城の中を歩くだけでもいい。……それとも、お茶が飲みたかったか？」

「！　ううん、お茶より、スカーがいいです！」

慌ててリリが声を張りあげると、お茶と比べられたスカーがぶはっと吹き出してリリの胸に埋めていた顔を上げた。

顔が離れてしまったのは寂しいような気がしたけれど、すぐ側で——リリの伸ばした髪がスカーの頰をくすぐってしまうくらいの近さで仰がれた顔は屈託なく笑っていて、その目にリリが映っている。リリだけが。

「スカーと一緒がいい、です。……スカーは、それでいい？」

なんだかやっぱり、泣きそうな気持ちになってしまう。

だけどさっきまでの暗い、とげとげした気持ちではなくて、温かくて幸せで嬉しくて愛しくて、気持ちが溶け出してしまうような涙が出てきそうだ。

だけどそれを堪えながらスカーの顔を見つめると、リリから身を離したスカーが姿勢を正してしゃがみこんでいた足を跪くように直した。

膝を付き、そっとリリの右手をあらためて取る。

もう一方の手を自身の胸にあてがったスカーがリリを仰ぐと、時が止まったような、不思議な感覚に陥った。

庭園を吹く風の音が止んで、目の前のスカーしか目に入ってこない。スカーも同じように、リリのことだけが見えていたらいいのに。

これがきっと、二人きりっていうことなんだろう。

「もちろんです。王子、どうかご一緒させてください」

燃えるような赤い目を細めたスカーが掠れた声で囁くとそっとリリの手の甲に口吻けを落とす。

リリの胸の中で、小さな花がほころんだような気がした。

あとがき

こんにちは、茜花(さいか)ららと申します。
このたびは「翼ある花嫁は皇帝に愛される」を手にとっていただき、ありがとうございます。楽しんでいただけましたでしょうか……！

本作を校正していて気付いたのですが、今回のお話ほど「尻」という文字を書いたことはない気がします。まあ、尻尾のせいなんですけど。尻の尾と書いて尻尾、ってわかりやすくてすごいなあと感心しながら校正しました。

さて、いつもいろいろと初めての挑戦をさせていただいているのですが……出産&育児ものも初めての経験でした！　打ち合わせ中、担当O様が「ドラゴンだから！　卵を産むんですよ！」と熱く語っていたのが面白かったです(笑)。
プロットの時点ではスカーとリドルはケンカップルかな～と思っていたのですが、冒頭を書き始めた段階で「あれ？　リドル……君はもしかして……」となり、リリとメロが産まれて（孵って）からはメロが勝手にリドルにぐいぐい懐いていくものだから……という

あとがき

経緯で番外編がうまれました。キャラは生き物だなということを久しぶりに痛感しました。

ところでリリはスカーと交尾をしたら子を授かるかも知れないですが、メロはリドルと交尾して子を授かることは……ないんだろうなあ……。

とはいえ、スハイルとユナンはなんだかんだで子沢山になりそうな気もするのでリリとメロも近いうちにお兄ちゃんになるかも知れませんね！　ユナン似の女の子なんて産まれた日にはスハイルの親バカが加速しそうです……。

家族書くのって楽しいなー！　と思いました。また機会があれば書いてみたいです。


本作にあたって、「子供を可愛く書けるかな……」と不安も感じていたのですが金ひかる先生に挿絵を描いていただけると知った瞬間、俄然やる気がみなぎりました。金先生のちびっこをイメージしながら描いたらきっと可愛く書けるに違いない！　と……実際どうだったかはわかりませんが(笑)。

金先生のおかげで楽しく書けました、ありがとうございます！

そしていつも楽しく一緒にネタ出しに付き合ってくださいます担当O様、今後とも何卒よろしくお願いいたします。

そして、これを読んでくださっている皆様にもあふれんばかりの感謝をこめて！

２０１８年8月　茜花らら

溺愛君主と身代わり皇子 1・2

できあいくんしゅとみがわりおうじ

茜花らら

イラスト：古澤エノ

本体価格870円+税

高校生で可愛らしい容貌の天海七星は、部活の最中に突然異世界へトリップしてしまう。そこは、トカゲのような見た目の人やモフモフした犬のような人、普通の人間の見た目の人などが溢れる異世界だった。突然現れた七星に対し、人々は「ルルス様！」と叫び、騎士団までやってくることに。どうやら七星の見た目がアルクトス公国の行方不明になっている皇子・ルルスとそっくりで、その兄･ラナイズが迎えに現れ、七星は宮殿に連れて行かれてしまった。ルルスではないと否定する七星に対し、ラナイズはルルスとして七星のことを溺愛してくるが…。

リンクスロマンス大好評発売中

眠れる地図は海賊の夢を見る

ねむれるちずはかいぞくのゆめをみる

茜花らら

イラスト：香咲

本体価格870円+税

長い銀の髪を持つ身よりのないイリスは、港町の教会に引きとられ老医者の手伝いをしながら暮らしている。記憶がないながらも過去のトラウマから海と海賊を苦手としていたイリスは、ある日、仕事の途中で港に停泊していた海賊に絡まれてしまうが赤髪に金の瞳を持つ長躯の男・海賊のハルに助けられる。しかし、助けたのがイリスという名前だということを知ったハルに、イリスの過去を知っていると告げられる。さらに宝の地図のため、「俺は、お前をさらうことにした」と、助けてくれたはずのハルにさらわれてしまい―!?

LYNX ROMANCE

小説原稿募集

リンクスロマンスではオリジナル作品の原稿を随時募集いたします。

募集作品

リンクスロマンスの読者を対象にした商業誌未発表のオリジナル作品。
（商業誌未発表のオリジナル作品であれば、同人誌・サイト発表作も受付可）

募集要項

＜応募資格＞
年齢・性別・プロ・アマ問いません。

＜原稿枚数＞
４５文字 ×１７行（１枚）の縦書き原稿、２００枚以上２４０枚以内。
※印刷形式は自由。ただしＡ４用紙を使用のこと。
※手書き、感熱紙不可。
※原稿には必ずノンブル（通し番号）を入れてください。

＜応募上の注意＞
◆原稿の１枚目には、作品のタイトル、ペンネーム、住所、氏名、年齢、電話番号、メールアドレス、投稿（掲載）歴を添付してください。
◆２枚目には、作品のあらすじ（４００字～８００字程度）を添付してください。
◆未完の作品（続きものなど）、他誌との二重投稿作品は受付不可です。
◆原稿は返却いたしませんので、必要な方はコピー等の控えをお取りください。
◆１作品につき、ひとつの封筒でご応募ください。

＜採用のお知らせ＞
◆採用の場合のみ、原稿到着後６カ月以内に編集部よりご連絡いたします。
◆優れた作品は、リンクスロマンスより発行させていただきます。
原稿料は、当社既定の印税でのお支払いになります。
◆選考に関するお電話やメールでのお問い合わせはご遠慮ください。

宛先

〒151-0051
東京都渋谷区千駄ヶ谷４−９−７
株式会社　幻冬舎コミックス
「リンクスロマンス　小説原稿募集」係

この本を読んでの
ご意見・ご感想を
お寄せ下さい。

〒151-0051
東京都渋谷区千駄ヶ谷4-9-7
(株)幻冬舎コミックス　リンクス編集部
「茜花らら先生」係／「金ひかる先生」係

リンクス ロマンス

翼ある花嫁は皇帝に愛される

2018年8月31日　第1刷発行

著者……………茜花らら
発行人…………石原正康
発行元…………株式会社　幻冬舎コミックス
〒151-0051　東京都渋谷区千駄ヶ谷4-9-7
TEL 03-5411-6431（編集）
発売元…………株式会社　幻冬舎
〒151-0051　東京都渋谷区千駄ヶ谷4-9-7
TEL 03-5411-6222（営業）
振替00120-8-767643
印刷・製本所…株式会社　光邦
検印廃止

ISBN978-4-344-84294-6 C0293
Printed in Japan

幻冬舎コミックスホームページ　http://www.gentosha-comics.net